फ़सादी

फ़सादी

इस्मत चुग़ताई

लिप्यन्तरण

प्रदीप 'साहिल'

वाणी प्रकाशन

वाणी प्रकाशन
4695, 21-ए, दरियागंज, नयी दिल्ली 110 002
फ़ोन : +91 11 23273167 फ़ैक्स : +91 11 23275710
शाखाएँ
अशोक राजपथ, पटना 800 004, बिहार
कॉफ़ी हाउस कैम्पस, महात्मा गांधी मार्ग, इलाहाबाद 211 001, उत्तर प्रदेश
महात्मा गांधी अन्तरराष्ट्रीय हिन्दी विश्वविद्यालय, वर्धा 442 001, महाराष्ट्र
सुल्तानिया रोड, मोतिया पार्क, भोपाल 462 001, मध्य प्रदेश
www.vaniprakashan.com
marketing@vaniprakashan.in
sales@vaniprakashan.in

Fasaadi
by Ismat Chughatai
Transliteration by Pradeep 'Sahil'

ISBN : 978-81-8143-041-0
Play

प्रथम संस्करण 2003
द्वितीय संस्करण 2021

मूल्य : ₹ 199

आर. टेक ऑफ़सेट प्रिंटर्स, दिल्ली-110032 में मुद्रित

वाणी प्रकाशन का लोगो मक़बूल फ़िदा हुसेन की कूची से

अनुक्रम

फ़सादी

किरदार (पात्र)...

इज़्ज़त : बाईस साला[1] लड़की। गेहुँआ रंग। मामूली नैन-नक़्श। भोला-भाला चेहरा, किसी क़दर हसीन। बहुत जल्दी हर बात का यक़ीन कर लेती है। ज़रा डरपोक और दूसरों पर भरोसा करने वाली, ज़ूद-रंज[2]।

अल्मास : बीस साला गोरी-चिट्टी तंदुरुस्त लड़की। तबीयत में चुलबुलापन। नाक पर ग़ुस्सा, बात-बात पर रूठना और आँसू बहाना। बोलचाल बंद करने की आदत। गाने की शौक़ीन। ख़ुश-आवाज़[3], इज़्ज़त की चचाज़ाद[4] बहन।

अयाज़ : दुबले-पतले। सबुक-नक़्शा[5]। मतानत[6] और संजीदगी का मुजस्समा[7], ज़ूद-रंज मगर साबिर[8], कम-सुख़न[9] जल्द घबरा जाने वाला, गवर्नमेंट में अच्छे ओहदे पर अभी हाल ही में तक़र्रुर[10] हुआ है। इज़्ज़त के बचपन का मंगेतर, अल्मास का भाई।

निशात : अठारह बरस का जवान जो सिर्फ़ पंद्रह बरस का लड़का मालूम होता है। नहीफ़[11] आवाज़ का बीमार, सफ़ेद रंग, मगर बला की चमकती हुई सियाह[12] आँखें और ग़ज़ब का चर्ब-ज़बान[13] और ख़ुश-मिज़ाज। अयाज़ का छोटा भाई।

हूरा : दस-ग्यारह बरस की मोटी-ताज़ी गोरी-चिट्टी लड़की। हर वक़्त इतराती और अम्मा के लाड की वजह से थिरकती रहती है।

जोली : आठ बरस का बच्चा, लड़ाका और शैतान, बुरी तरह चीख़ता और बात-बात पर लड़ता है, हर वक़्त खाता रहता है।

अम्माजान : चालीस-पैंतालीस साल की भारी बदन की बीवी[14]। बहुत ग़ुस्सैल और दबंग आवाज़। ज़रा चालाक मगर बेवक़ूफ़। समझने से पहले

---

1. वर्षीय, 2. बहुत जल्द नाराज़ होने वाली, 3. मधुर-कंठी, 4. चचेरी, 5. फ़ुर्तीले, 6. समझदारी, 7. साकार रूप, 8. धैर्यवान, 9. कम बोलने वाला, 10. नियुक्त, 11. अशक्त, 12. काली, 13. बातूनी, 14. महिला

गुस्सा, फूली हुई साँस, मग़रूर।

महमूद : *ख़ुश-वज़अ[1] जवान, साँवला, तन्दुरुस्त और हँसमुख, बेफ़िक्र, तेल का सौदागर। ख़ूब अमीर। अल्मास का मंगेतर।*

मौसम–आख़िरी जाड़े।

ज़माना–बस यही, हमारा और आपका।

पहला सीन

[इज़्ज़त का कमरा–एक कुशादा[2] कमरा जो एक पलंग, चंद कुर्सियों और ज़मीन पर चाँदनी और क़ालीन के फ़र्श से मुज़य्यन[3] है। एक कोने में चौकी है। दो-तीन संदूक़ भी हैं जिन पर सलीक़े से जा-ए-नमाज़[4] या कोई कपड़ा बिछा हुआ है। एक कोने में एक लम्बी-सी कोच जिसके पास ये खड़ी है जिसमें एक चाय की प्याली रखी है। इज़्ज़त कोच पर इस तरह लेटी है कि दोनों घुटने पेट में अड़े हुए हैं और कोई किताब ग़ौर से पढ़ रही है।]

अयाज़ : *(ख़ामोशी से कमरे में दाख़िल होकर नर्मी से)* इज़्ज़त मैंने तुम्हें कितनी बार मना किया है कि इस तरह रोशनी की तरफ़ पीठ करके न पढ़ा करो मगर...

निशात : *(सोफ़े के क़रीब वाली खिड़की से चढ़ते हुए जुमला पूरा करता है)* तुम मानती ही नहीं।

अयाज़ : *(निशात की तरफ़ एकदम मुड़ते हुए)* निशात अहमद मैंने तुमको कई बार मना किया है कि इस तरह उचक्कों की तरह खिड़कियाँ और दरीचे न फलाँगा करो मगर...

इज़्ज़त : *(आहिस्ता से)* तुम मानते ही नहीं।

निशात : क़िब्ला भाई जान, मैंने आपको बारहा मना किया है कि मुझे ये इस्मी मज्मूआ[5] निशात अहमद क़तई पसंद नहीं। मगर आप हमेशा निशात 'अहमद' ही कहते हैं। आप मानते ही नहीं।

अल्मास : *(जोली का हाथ पकड़े दाख़िल होकर)* हम एक-दूसरे का कहना बिलकुल नहीं मानते। ये जोली अपने भूरे जूते पर काली पॉलिश किए बग़ैर नहीं मानता। ज़रा देखिएगा आपके जूते कैसे बेहूदा रंग

---

1. सुशील 2. खुला-खुला, 3. सुसज्जित, 4. नमाज़ पढ़ने का वस्त्र, 5. पूरा नाम

के हो गए हैं।

[जोली इतरा-इतरा के पाँव छुपाना चाहता है और इस कोशिश में अपने नेकर को सियाह उँगलियों से मैला करता है।]

अयाज़ : अरे जोली *(नासिहाना[1] अंदाज़ में)* चिः चिः! इतने बड़े हो गए और इतने बदतमीज़, तौबा-तौबा!

निशात : *(चाय की छुटी प्याली अयाज़ के सामने करते हुए)* ज़रा पहले इन मोहतरमा इज़्ज़त को देखिए...जोली बेचारा तो बच्चा है और ये मुकर्रमा तो माशा-अल्लाह...

इज़्ज़त : *(शर्मिन्दा होकर)* तो इसमें क्या फूहड़पना है?

निशात : *(ताने से)* जी! ये तो महासुघड़ापा है। *(अयाज़ से)* भाई जान, क़िस्मत फूटी समझो। जोली ग़रीब को डाँट रहे हो और इज़्ज़्त साहिबा को कुछ नहीं कहते। वो बेचारा छोटा जो है। मत रो जोली, चिः चिः, बेचारा रोता भी तो नहीं। मत रो...

[जोली अपनी दर्दनाक हालत का अहसास करके सचमुच रोने लगता है।]

निशात : *(चुमकार कर)* मत रो। ग़रीब को अभी तो बुख़ार आया था, जब बेचारे को सुइयाँ लगी थीं और अब डाँट पड़ रही है। क्या करे...

[जोली ज़ोर से रोता है। अयाज़ कुछ खिसियाना, कुछ झुंझलाया खड़ा है। इज़्ज़त मुस्कुरा रही है। अल्मास कुछ ग़ज़बनाक कुछ परेशान]

अल्मास : *(अयाज़ से)* वाह भाई जान इतना क्यों डाँटते हैं। *(जोली को पकड़ कर ले जाती है)*

अयाज़ : निशात तुम बड़े वो हो। आख़िर इन बातों से फ़ायदा?

निशात : *(मुस्कुराता हुआ इज़्ज़त के पास घुसकर बैठ जाता है)* हाँ तो भाई कहिए आपकी क़िस्मत फूटी या रही?

अयाज़ : *(जल कर)* चुप रहो निशात *(बड़े-बड़े डग भरते चले जाते हैं)*

निशात : *(इज़्ज़त के और क़रीब सरक कर)* इज़्ज़त आपा!

इज़्ज़त : निशात भई ज़रा हट कर बैठो *(ज़रा हट जाती है...निशात फिर क़रीब घुस कर बैठ जाता है)*

इज़्ज़त : ऊँह! खा लिया निशात तुमने तो *(उठ कर कुर्सी पर बैठ जाती है)*

---

1. उपदेशात्मक,

निशात : *(फ़ौरन कुर्सी के हत्थे पर बैठते हुए)* अभी कहाँ खाया, अभी तो चबा रहा हूँ।

इज़्ज़त : *(धकेलते हुए)* हट भई यहाँ से।

निशात : तू ख़ुद हट यहाँ से।

इज़्ज़त : देखो निशात, मैं तुमसे बड़ी हूँ। ख़बरदार जो मुझे 'तू' कह कर बोले।

निशात : जी होयें बड़ी। ऐसे बड़े बहुत देखे हैं।

इज़्ज़त : बदतमीज़ कहीं का। मैं तुझसे बहुत बड़ी हूँ। चार बरस के क़रीब।

निशात : हुआ करो, मगर अक़्ल तो नहीं है।

इज़्ज़त : *(जल कर)* तुम तो बस नामालूम अक़्ल के पुतले हो ना।

निशात : पतली-दुबली होगी तुम। हम तो सीधे आदमी हैं।

इज़्ज़त : होंगे।

निशात : होंगे क्या, हैं ही। 'ये मुस्तक़बिल[1] की चीज़ें', तुम ही हो, तुम ही इस आसरे पर हो कि नामालूम क्या-क्या होगी। अयाज़ की बीवी होगी...मेरी ख़ुदा न करे भावज होगी...

इज़्ज़त : *(थप्पड़ मार कर)* बस चुप उल्लू कहीं का। ज़बान है या क़ैंची!

निशात : देखो अगर हम मारेंगे तो अपनी बुज़ुर्गी ले आओगी।

इज़्ज़त : भई निशात क्यों तंग करते हो, जाओ ना।

निशात : हूँ, और जब ग़रज़ पड़ती है तो?

इज़्ज़त : भइया, मेरा दिमाग़ मत चाट, ख़ुदा के वास्ते जा...या अल्लाह!

निशात : *(ताने से)* या अल्लाह! बेचारी को अपना घर याद आ रहा है, वहाँ तो कोई भी दिमाग़ नहीं चाटता...मत रो...हम अब तुझे दिक़ नहीं करेंगे।

इज़्ज़त : फिर वही तू-तड़ाक। निशात मेहरबानी से मेरे कमरे में से निकलो वरना...।

निशात : क्या-क्या, वरना...लमटंगू से शिकायत कर दोगी।

इज़्ज़त : *(जुड़ कर)* हाय ख़ुदा! तुम नहीं जाओ, मैं ख़ुद ही ग़ारत हो जाऊँगी।

निशात : बिस्मिल्लाह।

[इज़्ज़त भन्नाती हुई जाती है।]

निशात : अच्छा नहीं। अब नहीं इज़्ज़त आपा *(झुककर आँखों में आँखें डालकर)* आपा-आपा! *(आहिस्ता से प्यार कर लेता है और चला*

---

1. भविष्य।

जाता है, लेकिन दरवाज़े से ही लौटता है) अरे सुनो तो इज़्ज़त!

इज़्ज़त : *(ध्यान न देते हुए)* क्या है भई?

निशात : सुनो, क्या तुम्हें ये लमदराज़ ख़ाँ पसंद हैं?

इज़्ज़त : *(थोड़ा शर्माकर)* कौन लमदराज़ ख़ाँ?

निशात : *(हाथ नचाकर)* कैसी बनती हो। अरे वही, जो तुम्हारे गले पैदा होते ही बाँध दिए गए। चिड़ी के फ़िल्मटे की शक्ल। क्या ख़ूब नाम है—अयाज़! फ़िल्मटे!

इज़्ज़त : *(हँसी को दबाते हुए)* अपनी तो शक्ल देखो, चूहे जैसी नाक, मरतंगड़ कहीं के!

निशात : मुझ ग़रीब की तो नाक-आँख का सवाल ही नहीं। मगर फिर भी ख़ाकसार की नाक उनकी बटेर जैसी नाक से कहीं बेहतर है। क्यों झेंपती हो, कह दो 'क़ायल हो गई', नाक वाक़ई ख़तरनाक जसामत[1] की है।

इज़्ज़त : कोई नहीं।

निशात : अरे हम ख़ूब जानते हैं। वो ख़ुद तुमसे नफ़रत करते हैं। अजी वो क्या तुम पर मरते हैं। वो तो चचीजान का दिल रखने को मजबूरन तुम्हें क़बूलें ही क़बूलें। मरता क्या न करता, वरना उनकी तो कॉलिज में मिस प्रभाकर से बहुत ही...

इज़्ज़त : *(बेतरह ज़लील होकर)* तो यहाँ कौन मरता है उनके लिए। उनकी मिस प्रभाकर हों या कोई हों।

निशात : भई चचीजान की दिल-शिकनी[1] का ख़याल है।

इज़्ज़त : *(ख़ुद्दारी से)* मुआफ़ कीजिए, चचीजान का दिल ख़ाक नहीं टूटेगा। वो हज़ार दफ़ा इन्कार कर दें। ऊँह!

निशात : जी मालूम है, बस रहने दीजिए।

इज़्ज़त : निशात! *(गुस्से से खड़ी हो जाती है।)*

निशात : इज़्ज़त! *(खिड़की वाले सोफ़े पर लेट जाता है)*

[इज़्ज़त किताब उठाकर साड़ी सँभालती हुई तेज़ी से बाहर निकलने के लिए बढ़ती है, दरवाज़े पर घबराए हुए अयाज़ से टक्कर हो जाती है, खिसियानी होकर लौट आती है।]

[निशात बच्चों की तरह अपना मुँह और नाक छुपा-छुपा कर हँसता है]

---

1. रूपाकार, 2. दिल टूटना

अयाज़ : इज़्ज़त तुम्हारा क़लम?

इज़्ज़त : *(नर्मी से)* नहीं। निशात कहते हैं... *(निशात खिड़की में कूद जाता है)* कि उन्होंने आपको दे दिया।

अयाज़ : मुझे अरे!...अरे भई निशात...लो वो ग़ायब हो गया। निशात अहमद...!

[दूसरे कमरे में चला जाता है।]

निशात : *(खिड़की में अध-लेटा हुआ)* हूँ...*(मानी-खेज़[1] नज़रों से देखते हुए)* कर दी शिकायत अपने चहेते से! *(हाथ चला कर)* क्या कर लिया उन्होंने...बड़ी गोली ही तो मार दी ना?

इज़्ज़त : *(मुजरिमाना लहजे में)* मैंने शिकायत तो नहीं की थी।

निशात : *(मुँह बनाकर)* 'मैंने शिकायत तो नहीं की थी', बड़ी मासूम बनती हैं। कौन मसख़रा उनसे डरता है! *(अंदर आकर)* जाओ सो मर्तबा शिकायत करो। नहीं देते क़लम। कर लो कुछ।

इज़्ज़त : बला से न दो। मगर मेरी जान छोड़ दो। *(बेमन से किताब पढ़ने की कोशिश करती है)*

अयाज़ : *(दरवाज़े से)* अरे निशात! तुमने मुझे तो इज़्ज़त का क़लम नहीं दिया।

निशात : *(बनावटी हैरत से)* नहीं दिया, अरे तो शायद इज़्ज़त आपा को दिया होगा। मैंने दिया किसी को ज़रूर है।

[इज़्ज़त निशात की मक्कारी पर हैरत से मुस्कुराती है।]

[जोली दौड़ता हुआ आता है और अयाज़ के पीछे छुपने की कोशिश करता है। हूरा रुआँसी होकर ठनकती हुई पीछे-पीछे आती है। दोनों एक-दूसरे को खसोटने लगते हैं।]

निशात : हैं, हैं, अरे हूरा देख...बस...दोस्त जोली भई अब के मारा और मैंने तुम्हें ठोंका। अरे बस...बा...आ... *(बीच-बचाव हो जाता है।)*

अयाज़ : तुम दोनों क्यों लड़ रहे हो?

हूरा : पहले इसने...आन...आँ...वो बोर्ड उलट दिया...और ले के...।

जोली : *(तेज़ी से)* हे गप्पन...ख़ुद तो मारा...आपी तो उलटा...और झूठा नाम हमारा लगा रही हैं। हमने तो...वाह...आँ...

हूरा : नहीं। नहीं, हम इसे मार कर रहेंगे। चाहे कुछ भी हो जाए। इसने मारा ही क्यों? *(झपटती है)*

---

1. अर्थ-पूर्ण

निशात : *(दोनों को अलग करता है)* अरे...रे...रे...अरे...

अम्माजान : *(एक दर्द-भरी चिंघाड़ सुनाई देती है)* अरे ये क्यों हूरा डकरा रही है। हैं... *(साँस फूली हुई दरवाज़े में नज़र आती हैं)* मैं कहती हूँ...।

हूरा : अम्मा...ये जोली नहीं मानता... *(दुख भरी आवाज़ में रोती है)*

निशात : बेटा जोली आ गई तुम्हारी मौत। उड़ो *(चुटकी बजाकर)*...भागो...।

[जोली तीर की तरह दूसरे दरवाज़े से ग़ायब...अम्माजान हूरा को घसीटती और सारे घर पर बड़बड़ाती चली जाती हैं, एक सन्नाटा-सा कमरे में छा जाता है।]

दूसरा सीन

[निशात का कमरा, एक पलंग पर निशात चादर ओढ़े लेटा है। आहट पर सोता बन जाता है। इज़्ज़त दबे पाँव आती है और आहिस्ता-आहिस्ता ताज़ा अख़बार के वरक़ उलटने लगती है। दूसरा दरवाज़ा आहिस्ता से खुलता है और अयाज़ पंजों के बल दाख़िल होता है और इज़्ज़त की पीठ पर से झुककर अख़बार देखने लगता है। इज़्ज़त चौंकती नहीं। अयाज़ का बायाँ गाल इज़्ज़त के बालों से छू रहा है और इज़्ज़त के मेज़ पर रखे हुए हाथ के नाख़ून से अयाज़ अनजाने ही खेल रहा है। अयाज़ कुछ झुक कर कान में कहता है। जिसका जवाब इज़्ज़त बहुत आहिस्ता से देती है। दोनों मुस्कुराते हैं। अयाज़ कुछ और कहता है जिसका जवाब इज़्ज़त सिर्फ़ नज़रों से देती है। निशात की चमकीली आँखें बार-बार झपक रही हैं, कभी एक कभी दूसरी। अल्मास के भारी क़दमों और गुनगुनाने की आवाज़ आती है। अयाज़ उसी दरवाज़े से वापिस चला जाता है। अल्मास एक खटके के साथ दाख़िल होती है।]

निशात : ओफ़्फ़ो... *(जैसेकि अल्मास के गाने ही से जाग गया है)* ऊँ...हूँ...दिमाग़ उड़ा दिया। भई आपा कई दफ़ा कहा है कि ख़ुदा के वास्ते यूँ न लहका करो। जगा दिया ले के।

अल्मास : *(मुजरिमाना मगर मुस्कुराने के अंदाज़ में)* लो...वाह मैंने क्या किया *(सुर फिर हलकी लहरों में शुरू करके)*

निशात : *(उठ कर बैठ जाता है)* अरे आपा तुमने जगा दिया। शुक्र है...वरना आज तो ख़त्म ही हो गए थे।

अल्मास : क्यों? *(गीत निहायत मुर्दा सुरों में जारी है)*

निशात : बड़ा डरावना ख़्वाब देख रहा था। क्या देखा कि कमरे में एक चुड़ैल घुस आई और काग़ज़ों को खड़-बड़ खड़-बड़ करने लगी। इतने में एक भूत आ गया और दोनों में वो चाओं-चाओं लड़ाई हुई कि ख़ुदा की पनाह...इतने में तुमने गाना शुरू कर दिया।

[इज़्ज़त सब कुछ समझ कर अनजान बनी रही, जैसे कुछ सुना ही नहीं।]

अल्मास : *(कुछ न समझ कर)* हटो...जने क्या बक रहे हो।

निशात : सच कहता हूँ आपा! तुम्हारे बाबूजी की क़सम!

अल्मास : *(ज़रा तुनक कर)* ज़रा होश में। कौन मेरे बाबूजी!

निशात : अरे ख़ुदा के लिए बेचारे बाबूजी को न भूल जाना। वरना बेमौत मर जाएँगे। अरे वही तुम्हारे वाले बाबूजी, वही जिनके पास सिर्फ़ एक पतलून है जोकि पहले सफ़ेद थी मगर अब निहायत हलके कशमशी रंग की होती जा रही है। लो अब भी नहीं समझीं! वही जो तेल बेचते फिरते हैं। बाबू महमूद ख़ाँ, तुम्हारे मंगेतर। आपा मार डालेगा, याद रखना भूखा रखेगा कंजूस।

अल्मास : *(बेतरह आगबबूला होकर)* वाह जैसे ख़ुद तो बड़े लाट साहब हो ना...बड़े रईसे-आज़म घर के। वो तेल के मर्चेन्ट हैं...बेचते फिरते हैं...हुँह...

निशात : चूल्हे में डालो उस तेल वाले को। बड़ा कंजूस है। एक सिगरेट निकाल लो तो फ़ौरन खट-खट गिन लेगा। आपा एक साड़ी में साल पकड़वा देगा। बड़ा गुरू है वो चालाक!

अल्मास : *(जल कर)* तुम ख़ुद भाड़ में जाओ....उल्लू...*(भन्नाती हुई चल देती है)*

इज़्ज़त : *(जाते हुए)* तौबा है निशात, बिचारी अल्मास को ख़फ़ा कर दिया। महमूद तो ऐसा अच्छा आदमी है।

निशात : तो फिर तुम महमूद ही से ब्याह क्यों नहीं कर लेतीं। छोड़ो इन सारस साहब को!

इज़्ज़त : *(अपनी आफ़त आती देखकर)* निशात तुम्हारी अक़्ल तो ख़राब हो गई है।

[तेज़ी से चली जाती है। निशात क़हक़हा लगाता है।]

तीसरा सीन

[इज़्ज़त का कमरा। इज़्ज़त कुर्सी पर बैठी आगे-पीछे झूल रही है। तस्वीरों का एक अलबम घुटनों पर खुला रखा है। निशात फिर उसी खिड़की से चढ़ता है।]

निशात : *(खिड़की में से गुलदान एक तरफ़ फेंकते हुए)* ये रास्ते में क्या खड़ाक लगा रखा है?

इज़्ज़त : ये रास्ता है? बंदरों का रास्ता खिड़कियाँ और रोशनदान होते हैं।

निशात : और ऊँट का?

इज़्ज़त : *(फ़ौरन समझकर बनते हुए)* कैसा ऊँट?

निशात : अब अल्मास की तरह आप ग़रीब ऊँट को भी भूल गईं!...दिलाऊँ याद!

इज़्ज़त : निशात जाओ। बस फ़ौरन जाओ। चलो। मैं तुम्हारी एक बात नहीं सुनती।

निशात : *(बहुत ही क़रीब होकर बैठते हुए)* ये लो! *(एक किताब देता है)*

इज़्ज़त : *(सब भूल कर)* अरे कहाँ से लाए? *(हाथ बढ़ाती है)*

निशात : *(रुखाई से)* कैसी मतलबी! अरे मुँह धो जाके पहले लक्स से, फिर आना।

इज़्ज़त : *(ज़रा हटकर)* इतराते क्यों हो, कहाँ से मिली?

निशात : *(किताब देते हुए)* कहाँ से मिली, तुम्हें क्या इससे। अजी शहर में ढूँढी। लाइब्रेरी से मिली। सारा दिन साइकिल पर रगड़ा हूँ, तब हाथ आई है। तुम्हारे वो *(कंधे झुकाकर मुँह चिढ़ाता है)* भला तुम्हारे लिए इतना दौड़ते? ख़ैर, उनकी क्या, वो तो बेचारे मजबूर हैं। मैंने मिस प्रभाकर को देखा है। इस क़दर स्टाइलिश लेडी हैं कि बस क्या बताऊँ।

इज़्ज़त : ऊँह...हुआ करें...।

निशात : जी हाँ। हुआ करें। अब तो ग़रीब भाई जान की क़िस्मत फूट ही गई। चचीजान का दिल रखने को...

इज़्ज़त : निशात मैं तुमसे कह चुकी हूँ कि किसी का दिल नहीं टूटा करता। मुआफ़ करना, मेरी अम्मा ऐसी गिरी-पड़ी नहीं हैं। चची ने ही ख़ुशामद की थी।

निशात : हाँ-हाँ, मैं कब कहता हूँ...चची ही तो अपने बेटे की दुश्मन हैं। सच कहता हूँ अम्माजान भाईजान से बहुत कम मुहब्बत करती हैं।

इज़्ज़त : अयाज़ में ऐसे कौन से लाल जड़े हैं, क्या दुनिया में कोई दूसरा है ही नहीं।

निशात : बेशक-बेशक! मैं ख़ुद जानता हूँ कि तुम ख़ुद उनसे नफ़रत करती हो। 'दूसरा' बेशक उनसे बेहतर है। *(अपने सीने पर उँगली रखता है।)*

इज़्ज़त : *(उसका मतलब समझकर हँसती है)* चल बदतमीज़!

अयाज़ : *(हूरा का हाथ पकड़े आता है)* इज़्ज़त! भई आज फ़िल्म देखने चलोगी?

निशात : आपका हुक्म और ये न मानें, मजाल नहीं।

अयाज़ : *(अपने मतलब को उलटे मानों में लेता देख कर)* मेरा मतलब ये थोड़ी है कि ज़रूर ही जाएँ।

निशात : *(मानीख़ेज़ लहजे में)* हाँ कोई ख़ास ज़रूरत तो नहीं। मिस प्रभाकर जाएँगी?

अयाज़ : *(मुस्कुरा कर)* हाँ शायद। मुझे ठीक नहीं मालूम।

[इज़्ज़त का चेहरा तमतमा जाता है।]

अयाज़ : भई हूरा ने मजबूर किया है कि इस फ़िल्म में उनकी रूहानी दोस्त शर्ली काम कर रही है, लिहाज़ा वो ज़रूर जाएगी।

निशात : तो भई इज़्ज़त तो जाएँगी। मेरा कुछ ठीक नहीं।

इज़्ज़त : *(जली-कटी आवाज़ में)* जी नहीं, मैं नहीं जाऊँगी।

अयाज़ : *(इज़्ज़त के लहजे से चौंक कर)* क्यों? आख़िर वजह?

इज़्ज़त : *(कड़क कर)* अपना दिल। क्या कोई ज़बरदस्ती है?

अयाज़ : *(चिढ़ कर)* ज़बरदस्ती की न ज़रूरत, न किसी को शौक़। हर एक को अपने ऊपर पूरा इख़्तियार होता है।

इज़्ज़त : होता नहीं है, बल्कि है।

निशात : भई मेरे पास तो एक पाई भी नहीं, जो सिनेमा जाऊँ।

हूरा : *(चौंक कर अयाज़ से)* भाई जान मेरी पाई।

अयाज़ : अरे...तुम्हीं को तो दे दी थी...यहीं तो थी...मैं अभी तो उछाल रहा था।

हूरा : वाह! हमें नहीं दी। हमारी पाई *(ठनकती है।)*...

अयाज़ : *(ढूँढ़ते हुए)* अरे भई, नामालूम कहाँ गई। अभी तो थी। अच्छा हूरा हम दूसरी ला देंगे।

हूरा : *(मचलने की धमकी देते हुए)* आँ...आँ हम तो वही-सी लेंगे, अपनी चमकती हुई।

निशात : नहीं भई हूरा ज़िद न करो, बेकार है। अब तो वो झमझमाती हुई

तुम्हारी उम्दा वाली खो गई। अब तो काली ही ले लेना। दूसरी...काली...मत रो...। ग़रीब चीख़ती भी तो नहीं। हाय कैसी चमकीली थी जैसे सितारा। इसने सुबह से ज़मीन पर एड़ियाँ रगड़-रगड़ कर चमकाई थी। चुप रह हूरा!

हूरा : *(दर्दनाक आवाज़ में दहाड़ती है)* आँ हमारी पाई। हम तो आपसे लेंगे।

अयाज़ : कहता तो हूँ कि दूसरी ला दूँगा।

निशात : मगर उस चमकती हुई को कैसे भूले! ख़ैर अब वो काली ही ले लेगी। ले लो हूरा, काली-कलूटी ही ले लो... *(चुमकारता है, हूरा धारों-धार रोती है, अयाज़ परेशान खड़ा है)*

अम्माजान : *(दबंग आवाज़ सुनाई देती है)* अरे ये कौन हूरा को मारे डालता है। चैन नहीं लेने देते। *(दरवाज़े में से)* ये क्या क़िस्सा है? *(दोनों हाथ कमर पर रखकर)* मैं कहती हूँ मेरी क़िस्मत का चैन ही उड़ गया है, हुआ क्या?

निशात : *(जल्दी से)* अम्माजान हूरा की चमकती हुई पाई भाईजान ने खेलते-खेलते नामालूम कहाँ खो दी। अब उसे काली दे रहे हैं, इसलिए वो ज़रा रंजीदा[1] है।

अम्माजान : *(झल्ला कर)* अयाज़ मियाँ बूढ़े हो गए। मगर बच्चों की चीज़ों की अब भी ज़रूरत है। आज को पाई छीनी, कल को नन्ही की चुन्नी छीन लेना।

अयाज़ : *(हड़बड़ाते हुए)* अम्माजान...आप तो ख़्वाहम-ख़्वाह...

निशात : भाईजान गुस्ताख़ी मुआफ़...बुज़ुर्गों को इस तरह नहीं धमकाते 'ख़्वाहम-ख़्वाह', भला अम्मा ख़्वाहम-ख़्वाह आपको क्यों दिक़[2] करेंगी।

अयाज़ : चुप रहो निशात, तुम्हारी बकबक हर जगह...

अम्माजान : *(रुआँसी होकर)* अरे मियाँ *(ठंडी आह भरकर)* मुझे क्या ज़लील करोगे। ख़ुद ख़्वार होंगे, तुम्हारे छोटे तुम्हारे जूतियाँ लगाएँगे। *(भन्नाती हुई चली जाती हैं, अयाज़ कुछ झल्लाया, कुछ शर्मिंदा, कुछ परेशान बैठा रह जाता है।)*

निशात : *(जैसे कुछ हुआ ही नहीं)* हाँ तो भई इज़्ज़त सिनेमा जाओगी पहले शो में या...

इज़्ज़त : *(तेज़ी से)* मैंने कह दिया मैं क़तई न जाऊँगी।

निशात : तो भाईजान पर क्यों गुस्सा होती हो। इन्हें वैसे ही अम्माजान ने क्या कम डाँटा है।

---

1. दुखी, 2. तंग

अयाज़ : *(आजिज़ आकर)* न जाओ, कौन कहता है *(बड़बड़ाता हुआ चला जाता है।)*

इज़्ज़त : *(ज़ब्त से)* हुए ग़ुस्सा तो मेरा क्या बिगाड़ लेंगे।

निशात : और क्या! इज़्ज़त का कौन कुछ बिगाड़ सकता है, क्यों है ना! *(झुक कर उसकी आँखों में ग़ौर से देखता है।)* इज़्ज़त आपा रो रही हो? वाह भई वाह *(झुक कर उसके बालों को चूम लेता है और फिर रुख़सार)* इज़्ज़त के आँसू!!

चौथा सीन

[इज़्ज़त अपने कमरे में सोफ़े पर लेटी है। कमरे में सिर्फ़ एक हलका-सा बल्ब जल रहा है, क़रीब एक मेज़ पर एक गिलास ठंडे पानी का भरा रखा है जिसमें से इज़्ज़त कभी-कभी एक घूँट पीकर वैसे ही रख देती है।]

निशात : *(आहिस्ता से दाख़िल होकर एक दम बिजली बुझा देता है)* लो अब पढ़ो चैन से।

इज़्ज़त : *(घबरा कर)* अरे मेरा दिल अँधेरे में बहुत घबराता है। भई ख़ुदा के लिए बिजली जलाओ।

निशात : *(बिजली जलाकर)* तो फिर तुम लैम्प से क्यों नहीं पढ़तीं *(दूसरे कमरे से लैंप लाकर रख देता है, गिलास हटा कर सोफ़े पर रख देता है।)*

इज़्ज़त : आज तुमने शाबाशी पाने का काम किया है।

निशात : क्या पढ़ रही हो? हमें भी सुनाओ *(ज़रा-सी जगह में सोफ़े पर लेटने की कोशिश करता है, गिलास उलट जाता है और दोनों भीग जाते हैं)*

इज़्ज़त : उफ़, बेवक़ूफ़ कहीं के, सारा भिगो दिया।

निशात : मेरा नाम लगा दो। मैंने भिगोया है, कह दो हाँ।

इज़्ज़त : *(उसके झूठ पर हैरान होकर)* निशात और फिर किसने पानी का गिलास यहाँ रखा?

निशात : तुमने इज़्ज़त। अरे क्या इस क़दर जल्द बातें भूल जाया करती हो!

इज़्ज़त : इन्तिहा है तुम्हारे झूठ की।

निशात : अच्छा टास कर लो कि किसने गिलास रखा *(जेब से पाई निकालकर)* बोलो हैड या टेल?

इज़्ज़त : *(मज़ाक़ समझकर)* हैड।

निशात : *(पाई उछालता है)* अहा...हैड।

इज़्ज़त : *(हँसती है)* अरे निशात ये पाई तो हूरा की है।

निशात : ख़ूब! मेरी है।

इज़्ज़त : चल झूठे।

निशात : चल झूठी।

इज़्ज़त : निशात मैं तुमसे बहुत बड़ी हूँ। तुम्हें मेरा अदब करना चाहिए।

निशात : बिलकुल ग़लत। हम एक सिरे से तुम्हारी बुज़ुर्गी की थ्योरी ही नहीं मानते। कौन कहता है तुम मुझसे बड़ी हो, बिलकुल ग़लत।

इज़्ज़त : तुम्हारे कहने से छोटी हो जाऊँगी। जाओ अब मैं पढ़ूँगी, जाओ।

निशात : *(दूसरे कमरे में जाते हुए)* हम बाजा बजाएँगे।

इज़्ज़त : *(किताब ढूँढ़ती है...सौफ़े पर, मेज़ पर और किताबों में, सोफ़े के नीचे, इधर-उधर, कहीं नहीं मिलती)* अरे मेरी किताब कहाँ गई निशात?

निशात : *(दूसरे कमरे में बाजा बजाते हुए)* ख़ामोशी से सुनो! कितना उम्दा रिकार्ड है।

इज़्ज़त : ख़ाक भी अच्छा नहीं। अरे मेरी किताब!

निशात : *(बाजा उठाकर लाता है)* तो तुम ही कोई अच्छा-सा बजाओ।

[इज़्ज़त बहुत अहतियात से एक रिकार्ड लगाती हैं निशात उसकी सुरीली आवाज़ पर रक़्स[1] करता है। इज़्ज़त दाद-तलब निगाहों से देखती है। निशात रक़्स करता-करता इज़्ज़त के पास आता है और उसके दोनों हाथ पकड़कर रक़्स करता है। इज़्ज़त हँस रही है...एक दम उसके दोनों हाथ छोड़कर कमर में हाथ डालकर उसे ज़ोर से भींच लेता है। इज़्ज़त थोड़ी देर हिचकिचाती है, फिर आहिस्ता से उसके हाथ उठ कर निशात की पीठ पर जाते हैं और एक पल के लिए उससे चिमट जाती है लेकिन फ़ौरन बिच्छू की तरह कोई डंक-सा उसके दिल में मारता है और निशात को ज़ोर से धक्का देकर फ़ौरन दूसरे कमरे में भाग जाती है। निशात ज़ोर से ताली बजाकर हँसता है। इज़्ज़त थोड़ी देर के लिए क़ायल हो जाती है कि निशात उससे बड़ा है...बड़ा...बहुत बड़ा]

---

1. नृत्य

पाँचवाँ सीन

[इज़्ज़त कमरे में बैठी कुछ सोच रही है। निशात खिड़की से छलाँग मारकर आता है। इज़्ज़त चौंक पड़ती है।]

निशात : हम समझ गए। बोलो बताएँ?

इज़्ज़त : *(रुखाई से)* क्या समझ गए, कुछ हो भी।

निशात : भूखी हो।

इज़्ज़त : हटो भी।

[जोली बिस्कुट हाथ और मुँह में लिए आता है, निशात उसे शिकारी नज़रों से देखता है।]

निशात : अरे जोली बस ठूँसे जाता है, एक दिन तेरा पेट ज़रूर फटेगा।

जोली : *(इतराकर)* हमारी उँगली तो आपा ने बचा दी थी।

निशात : हूँ...तो अब ये ज़ख़्म पर मरहम थोप रहा है *(लहजा बदल कर)* भई हमारा जोली तो बस लाखों में एक है। ये इज़्ज़त आपा बेचारी भूखी हैं। इन्हें सब बिस्कुट दे देगा। हूरा कभी नहीं देती। बड़ी कंजूस है। इज़्ज़त तुमने ये नहीं देखा कि बेमाँगे चीज़ दे देता है। अब ये बिस्कुट जो लिए वो हमें बेमाँगे दे देगा और ख़ुद और ले आएगा। ख़ुद दे देता है। माँगने की ज़रूरत कब है।

जोली : *(अकड़ में आकर)* लीजिए हम और ला दें। हैं! ला दें?

निशात : वो तो तुम ला ही दोगे। कहने की क्या ज़रूरत है। जोली ग़ज़ब का तेज़ है, वो चला।

[जोली शेख़ी में आकर बेतहाशा दौड़ता है। दरवाज़े पर बहुत ज़ोर की चोट लगती है और गिर पड़ता है। रोना चाहता है कि निशात कहता है...]

निशात : हूरा साहिबा गिरती हैं तो फ़ौरन भीं-भीं रोती हैं। जोली चाहे कितने ज़ोर की चोट लगे कभी नहीं रोता। वो उठ बैठा...वो खड़ा हो गया...वो हँस भी रहा है... *(जोली ज़ब्त करके उठता है, ज़बरदस्ती की हँसी हँसता है और चला जाता है। इज़्ज़त हँसती है।)*

निशात : इज़्ज़त कहो कैसा शिकार किया है?

इज़्ज़त : हट बच्चे से छीन लिया...फ़रेबी...मैं तो नहीं खाती।

निशात : अपने बस न खाओगी *(ज़बरदस्ती बिस्कुट ठूँस देता है, सारा बिस्कुट का चूरा इज़्ज़त के मुँह पर लग जाता है, जो हँस भी रही है और ग़ुस्सा भी है)*

अम्माजान : भाड़ में जाएँ बिस्कुट। तेरे बावा ने दूकान लगा दी है जो हर वक़्त बिस्कुट-बिस्कुट। अभी जो दिया था...क्या निशात ने ले लिया। ऊई! ये निशात का दिमाग़ क्यों चल गया। *(दनदनाती हुई दाख़िल होती हैं)* निशात बेटा ये कौन-सा ढंग है कि...

निशात : *(निहायत सुलझी हुई आवाज़ में)* अम्माजान ज़रा पहले मेरी सुनिए...इज़्ज़त को भूख लग रही थी, इन्होंने ज़रा-सा बिस्कुट लेकर खा लिया।

अम्माजान : *(चौंककर, बिस्कुट का चूरा मुँह पर देखकर, होने वाली बहू के अच्छे अतवार[1] न देखकर)* ऊई, इज़्ज़त ने जोली से बिस्कुट ले लिया। क्या गंजीना[2] में ताला पड़ा है ख़ुद निकाल लें।

निशात : अम्माजान वो बेचारी तकल्लुफ़ करती है। आप खाने पर इन्हें इस क़दर कम खिलाती हैं। इन्हें भूख लगती है।

अम्माजान : *(बेबात के इल्ज़ाम से ग़ुस्से में आ जाती हैं)* लो और अँधेर सुनो। मैं क्यों कम खाना देती, वो आप ही कम खाती हैं।

निशात : हाँ असल में बिस्कुटों से पेट भर जाता है। भाईजान हमेशा ला दिया करते हैं। आजकल वो भी नहीं लाते।

अम्माजान : *(होने वाली बहू की मंगेतर से बिस्कुट मँगाकर खाने की बात को सख़्त मायूब[3] समझकर)* ऊई ये निगोड़ा बिस्कुटों का क्या शौक़ है। जी चाहता था तो गंजीना में से ले लिए होते। *(चली जाती हैं। इज़्ज़त जिसे अम्मा और बेटे ने बोलने का बिलकुल मौक़ा नहीं दिया, हैरत से मुँह खोले देखती रहती है। निशात की हँसी से चौंक कर मोटे-मोटे आँसुओं से रोने लगती है।)*

छठा सीन

[ड्राईंगरूम-नुमा कमरा, जिसमें दो पलंग, पाँच-छः कुर्सियाँ और ज़मीन पर क़ालीन। एक नीची-सी कोच पर अल्मास बैठी कुछ सी रही हैं, महमूद क़रीब आधा लेटा हुआ बज़ाहिर ताशों की गड्डियाँ लगा रहा है लेकिन अल्मास से सरगोशियाँ[4] भी कर रहा है। अम्माजान पलंग पर लेटी पैर दबा रही हैं और अना के शौहर के

1. आचरण, 2. भंडार, 3. बहुत बुरा, 4. फुसफुसाहट

माशूक़ाना मज़ालिम[1] भी सुन-सुन कर अपनी बेशक़ीमती राय पास कर रही हैं। जोली अम्मा के कंधे से लग मुँह से फ़ुटबॉल में हवा भरने की नाकाम कोशिश कर रहा है और हर साँस पर ठुनकने लगता है। बीचों-बीच क़ालीन पर हूरा और अयाज़ कैरम खेल रहे हैं। इज़्ज़त चौकी के कोने पर हाथों पर ठोढ़ी रखे किसी ख़याल में गुम है।]

हूरा : वाह...ऑ...बेईमानी, आप तो सीधे हाथ से खेल रहे हैं।

जोली : ऊँह। हनक। हनक। भई ख़त्म हो गई। क्या करें जने?

अल्मास : पहले ही कहा था कि ज़र्द[2] पर सिवाय काले के कुछ अच्छा न लगेगा। *(इज़्ज़त से)* क्यों ना आपा *(कुछ दिखाती है, इज़्ज़त वहीं से सर हिला देती है।)*

[निशात दबे-दबे आता है और फ़रमान-बरदार[3] बेटे की तरह अम्माजान से लग कर बैठ जाता है।]

महमूद : अरे भई...कुछ दाल में काला है। इज़्ज़त और निशात की जंग हो गई। क्यों भई इज़्ज़त?

इज़्ज़त : नहीं-नहीं। कोई भी नहीं।

निशात : मुझे कसौली की सैर तो करनी नहीं कि लड़ता फिरूँ।

महमूद : मगर हुई है लड़ाई। सुना है एक बिस्कुट के पीछे जूता चल गया। इज़्ज़त बेचारी ने बड़ी मुश्किल से जोली को फाँस कर बिस्कुट छीना। उस पर निशात की नीयत आ गई। सुना है मार-कुटाई तक नौबत आ गई।

निशात : आप सुना बहुत करते हैं। कौन से कान से सुनते हैं?

महमूद : *(अल्मास की तरफ़ इशारा करके)* इन्होंने...

निशात : *(क़हक़हा लगाकर)* भई ख़ूब इसका कान तो ख़ूब मरोड़िये। अजी बिलकुल गूँगा हो गया है।

अल्मास : *(ज़रा चिढ़ कर)* मैंने तो नहीं कहा कि जूता चला या क्या हुआ।

निशात : कुछ बिगड़ने की बात नहीं है। तेल का भाव गिर रहा है *(जोली से)* जोली भइया ये तू कब तक हवा भरेगा। ला मैं भर दूँ। *(हवा भरने लगता है।)*

महमूद : भई हम भी कैरम खेलेंगे। अल्मास आओ हम-तुम एक तरफ़।

अल्मास : ज़रा टाँका ख़त्म कर लूँ। जब तक इज़्ज़त को ले लो।

---

1. प्रेम संबंधी आरोप 2. पीले, 3. आज्ञाकारी

महमूद : आओ इज़्ज़त।

इज़्ज़त : जी नहीं।

महमूद : नहीं कैसे *(ज़बरदस्ती पकड़ कर बिठा लेता है, खेल शुरू होता है।)*

निशात : आओ जोली हम-तुम फ़ुटबॉल खेलें, लेकिन भई हाथों की है।

जोली : हाँ भई।

[निशात और जोली बीच में गेंद उछालना शुरू कर देते हैं। बॉल बार-बार इज़्ज़त के ऊपर गिरती है। दो-एक दफ़ा उसका पैर भी निशात से भूले में कुचल जाता है जिसकी वो बहुत रुखाई से मुआफ़ी माँगता है। एक दफ़ा इज़्ज़त गेंद लेकर दूर फेंक देती है। निशात जल कर खेल बंद करके कैरम देखने लगता है।]

निशात : वाह बेचारी हूरा हार रही है। बेईमानी हो रही है। बेईमानी हो रही है सफ़ा।

हूरा : आँ...बेईमानी।

निशात : जनाब वो आपके साथ नहीं खेलेगी। बल्कि हमारे साथ खेलेगी। वो बोर्ड उलट देगी।

[हूरा शेख़ी में आकर बोर्ड उलट देती है। दूसरा खेल शुरू होता है। अयाज़ और निशात। इज़्ज़त और महमूद। तीन दफ़ा इज़्ज़त की उँगली में निशात से इस्ट्राइगर लगता है और दो दफ़ा बोर्ड के नीचे पैर दब जाता है। इज़्ज़त रुआँसी होकर हट जाती है।]

इज़्ज़त : मैं नहीं खेलती।

निशात : हारते वक़्त जोली भी यही करता है *(मुँह चिड़ाकर)* हम नहीं खेलते।

महमूद : अच्छा भई। अब के कुछ गड़बड़ न होगी। इज़्ज़त ये बाज़ी ख़त्म करो।

[खेल शुरू हो जाता है।]

इज़्ज़त : *(अपनी समझ में बोर्ड ख़त्म करके)* ये लीजिए बस!

निशात : *(चिढ़ कर)* और ये। ये इन दो बदनसीब गोटियों को कौन डालेगा। मैं! *(इज़्ज़त शक की नज़रों से निशात को देखती है और कोने में रखी हुई गोटियों को एक ही वार में डाल देती है। निशात जोली को गुदगुदी करता है जैसे कि उसने कुछ देखा ही नहीं।)*

जोली : भइया ने यहाँ दो गोटियाँ निकाल कर रख दी थीं।

इज़्ज़त : बेईमान आदमी के साथ मैं नहीं खेलती।

निशात : शुक्रिया। तो फिर कीजिए इधर से मुँह काला।

इज़्ज़त : तुम ख़ुद मुँह काला करो।

निशात : जी! मेरी और आपकी बोलचाल बंद थी। भई हद कर दी इन्होंने ढिठाई की। मैं मुँह लगाता नहीं और आप हैं कि बोले चली जाती हैं।

इज़्ज़त : और ये जो बार-बार गेंद मेरे ही ऊपर आकर गिर रही है, ये क्या है? आख़िर! मेरी उँगली में तुम्हारा इस्ट्राइकर बार-बार क्यों लग रहा है? बोलते नहीं तो ग़नीमत ही था।

निशात : ये तो सब इत्तिफ़ाक़ से लग जाती थी।

इज़्ज़त : लानत तुम्हारे इत्तिफ़ाक़ पर कि वो बस मेरे ही लिए रह गया है।

निशात : *(आगे झुककर)* तो फिर मिलाप कर लो ना बोलो!

इज़्ज़त : मैं तुमसे लड़ी कब थी!

निशात : फिर ये मुँह क्यों कुप्पा हो रहा है *(गाल फुला कर नक़ल करता है।)*

[इज़्ज़त हँस देती है]

निशात : हाथ मिला लो।

[इज़्ज़त हाथ बढ़ाती है।]

निशात : *(झिझक कर उसके हाथ को ऐसे देखता है जैसे उसमें कोई गंदगी भरी हो)* ठहरो भई हम वैसे हाथ नहीं छू सकते। *(हाथ को कुर्ते के दामन में लपेट कर)* लो अब मिलाओ।

इज़्ज़त : *(बिगड़ कर)* जब मेरे हाथ नापाक हैं तो फिर मिलाने की ही क्या ज़रूरत है।

[फिर लड़ाई हो जाती है।]

निशात : अच्छा नहीं *(दोनों हाथ मिलाते हैं। निशात जोर से हाथ दबाता है और .ख़ूब झटकता है और महमूद से कहता है)* महमूद भाई, मैं समझता था कि इज़्ज़त में ज़रा तो ख़ुद्दारी होगी। भई कमाल की बेहया हैं कि इधर लड़ीं और उधर ख़ुशामद कर ली।

इज़्ज़त : चल हट!

निशात : *(और क़रीब आते हुए)* सच बताओ, मुझसे लड़कर उदास तो बहुत थीं।

इज़्ज़त : मैं, अरे हट भी, मुझे तेरी ख़फ़गी[1] की क्या परवाह होगी।

निशात : भई ये तो तुम ही ख़ूब जानती हो।

[दोनों ख़ूब हँसते हैं।]

---

1. नाराज़गी

सातवाँ सीन

[इज़्ज़त गर्म शाल ओढ़े पलंग पर लेटी है। मुँह तमतमाया हुआ है। हरारत और ज़ुकाम है। कभी-कभी खाँसती है। अयाज़ दूसरे दरवाज़े से दाख़िल होता है और इज़्ज़त के पलंग के पास वाली कुर्सी पर बैठ जाता है।]

अयाज़ : *(निहायत नर्म आवाज़ में)* इज़्ज़त कैसी हो?

इज़्ज़त : *(जवाब में खाँसती है और अपना हाथ माथे पर ले जाती है।)* दर्द है।

अयाज़ : *(मुहब्बत से उसके बालों और माथे पर हाथ फेरता है।)* तुम एक हफ़्ते में तो अच्छी हो जाओगी—क्यों? *(जवाब के लिए उसकी आँखों को देखता है।)*

[इज़्ज़त सर हिलाती है लेकिन उसकी आँखों में आँसू हैं।]

अयाज़ : *(कुछ परेशान-सा होकर बहुत ही आहिस्ता से)* क्यों, क्यों?

इज़्ज़त : कुछ नहीं *(बेचैनी से करवट लेती है।)*

अयाज़ : *(अम्मा की आवाज़ बाहर से)* जी हाँ, इज़्ज़त के पास बैठे हैं।

[अयाज़ कुछ घबराकर शर्माता हुआ खड़ा होता है और बग़ैर कुछ कहे बाहर निकल जाता है।]

निशात : *(इत्मीनान से सीटी बजाता आता है।)* अरे तो क्यों इस क़दर ठूँस जाती है जो मरने लगती है।

[इज़्ज़त कुछ चिढ़ कर मुस्कुरा देती है।]

निशात : *(पलंग पर इस तरह बैठ जाता है कि एक हाथ इज़्ज़त के ऊपर से ले जाकर दूसरी तरफ़ पलंग की पट्टी पर रखता है।)* बहुत गाल फूल चुके थे। *(गाल हलके से नोंचता है)* मैं कहता हूँ कि अब भी तो मुझसे चौगुने हैं।

इज़्ज़त : देखो मैं उठ कर चली जाऊँगी अगर तुमने मुझे दिक़ किया। *(उठना चाहती है।)*

निशात : *(नहीं उठने देता और झुककर गाल पर प्यार करता है। ख़ामोशी से उसके रुख़सार[1] पर रुख़सार रख देता है।)* इज़्ज़त...मेरी इज़्ज़त.... इज़्ज़त!

[इज़्ज़त कुछ मसहूर[2]-सी आँखें फाड़े ख़ला[3] शून्य में घूर रही है।]

---

1. गाल, 2. मंत्रमुग्ध, 3. शून्य

[निशात इज़्ज़त की ठोढ़ी पकड़कर उसके होंठ चूम लेता है, इज़्ज़त काँपने लगती है।]

अल्मास : *(गुनगुनाने की आवाज़ आती है और दरवाज़े पर आकर)* निशात तुम तो कह रहे थे कि महमूद इज़्ज़त के पास बैठे हैं।

निशात : *(ज़रा भी न घबराकर)* मैं खा गया उनको। अरे चले भी गए वो मेरे आने से पहले।

[अल्मास जलती हुई बड़बड़ाती हुई चली जाती है।]

अयाज़ : *(दूसरे दरवाज़े से आकर)* निशात मैं समझा कि तुम मेरे लिए कह रहे थे कि मैं इज़्ज़त के पास बैठा हुआ हूँ।

निशात : कब? *(मक्कारी से)* तो क्या आप बैठे थे। हुआ क्या इसमें!

अयाज़ : अम्माजान ज़रा मायूब[1] समझती हैं।

निशात : *(जले-कटे लहजे में)* अम्माजान किस बात को मायूब नहीं समझतीं। इस दुनिया में सभी हर बात को मायूब समझते हैं। अब अगर बजाय आपके मैं इज़्ज़त से शादी करना चाहूँ तो सब मायूब समझेंगे *(अयाज़ को बेतरह हैरान देखकर)*अगर अल्मास महमूद की बजाय सईद या उनके बड़े भाई से शादी करे तो कौन मायूब न समझेगा। हालाँकि सईद महमूद से निन्यानवे फ़ीसदी ज़्यादा इंसानियत रखते हैं। ये दुनिया तो सब बातों को मायूब समझेगी। अब अगर आपको ये मालूम हो जाए कि मैंने अभी इज़्ज़त के रुख़सार और होंठ चूमे थे तो आप इसे मायूब समझेंगे। *(अयाज़ की हैरानी को नज़र-अंदाज़ करते हुए)* मायूब समझने की ख़ूब कही। अब इज़्ज़त जो आपकी बनिस्बत[2] मुझको ज़्यादा पसंद करती है, क्या ये मायूब बात नहीं करती? बिलकुल मायूब! क़तई मायूब!! इसे क्या हक़ है कि मुझे ज़्यादा पसंद करे और आपको कम या बिलकुल नहीं।

[इज़्ज़त तो जैसे कुछ कहने और सुनने की उसमें ताक़त ही नहीं रही।]

अयाज़ : *(कुछ न समझते हुए)* निशात तुम क्या कह रहे हो?

निशात : मैं वही कुछ कह रहा हूँ जो आपने सुना और समझे। मगर मैं मायूब और ग़ैर-मायूब होने के सवाल को ही बेहूदा समझता हूँ। ये सरासर ग़लती थी कि इज़्ज़त के पैदा होते ही उसे आपके साथ मन्सूब[3] कर दिया गया। क्या ये मायूब न था? इज़्ज़त कुछ भी न जानती

---

1. बुरा, 2. अपेक्षा, 3. संलग्न

थी बेचारी। जब से वो बड़ी हुई, आप ही को शौहरियत के लिए मुक़र्रर किया हुआ पाया। लेकिन वो भी तो इंसान है। उसकी ख़ुद की भी तो कोई आज़ाद राय है। वो मुझे पसंद करती है ख़्वाह[1] हफ़्ते भर बाद वो तुम्हारी क़ानूनन बीवी हो जाए।

अयाज़ : *(बिखरे ख़यालों को इकट्ठा करते हुए)* तो निशात क्या तुम सच कहते हो? क्या तुम इज़्ज़त को पसंद करते हो? तुम बच्चे हो, इज़्ज़त से चार साल छोटे हो। तुम अभी एक तालिबे-इल्म[2] ही हो।

निशात : *(तल्ख़ हँसी हँस कर)* यही तो मायूब बात है। एक उम्र में छोटा तालिबे-इल्म और एक बड़ी लड़की से...तौबा-तौबा! अपने से बड़े से तो मुहब्बत ही नहीं की जा सकती। जब ही तो इज़्ज़त आपसे मुहब्बत नहीं कर सकती।

[जैसेकि इज़्ज़त कमरे में है ही नहीं।]

अयाज़ : मगर निशात सोचो तो कैसी अजीब बात है, मेरी अक़्ल...

निशात : ये दूसरा 'अजीब' और भी घिनावना है। भाईजान आप तो दुनिया के ग़ुलाम हैं। आप वही सोच सकते हैं जो दुनिया सोचती है। आपके ख़यालात तक दूसरों के ग़ुलाम हैं। आपकी अक़्ल अपनी नहीं। 'अनाजी' और दूसरे उस्तादों की अक़्ल की नक़ल है। आप बड़े बेटे हैं। अम्मा के अरमानों की आमाजगाह[3] हैं। बरसरे-रोज़गार हैं, तंदुरुस्त हैं, इज़्ज़त के मंगेतर हैं और मैं! एक कमज़ोर छोटे साइज़ का, जो अभी सिर्फ़ तालिबे-इल्म ही हूँ। जो बक़ौल इज़्ज़त 'पीला मेंढक, रोज़ का रोगी' लेकिन मुआफ़ कीजिएगा मेरे ख़यालात ख़ुद मेरे दिमाग़ से निकलते हैं और वो आपके झूठे वहमों से ज़्यादा पीछे, ज़्यादा बुलंद मगर ज़्यादा 'मायूब' और ज़्यादा 'अजीब' हैं। फिर क्या वजह कि एक अक़्लमंद लड़की मेरे दिमाग़ की क़द्र न करें और आप पर मुझे तरजीह न दे। मगर फिर वही मायूब होने का सवाल बीच में आ जाता है।

अयाज़ : *(बेतरह मजरूह[4] होकर भारी आवाज़ में)* निशात तुमने मेरा दिमाग़ परेशान कर डाला। उफ़! *(सर को दोनों हाथों से ज़ोर से पकड़ता है)* कल तक...नहीं। अभी-अभी...ओफ़्फ़ो...*(इज़्ज़त से)* इज़्ज़त निशात क्या कह रहा है बोलो, क्या सब सच है कि तुम्हारे दिल में मेरे लिए ज़रा भी जगह नहीं।

---

1. चाहे, 2. विद्यार्थी, 3. लक्ष्य-स्थली, 4. घायल,

[इज़्ज़त दबी सिसकियों से रोने लगती है।]

निशात : इज़्ज़त *(मज़ाक़ के लहजे में)* ये सब मायूब है। तुम ख़्वाह[1] किसी को चाहो। मगर मंगेतर अज़ल से अबद[2] तक तुम अयाज़ ही की हो।

[इज़्ज़त तड़प कर उठती है और झपट कर दूसरे कमरे में चली जाती है।]

निशात : इज़्ज़त ये सब मायूब है। *(ज़ोर से हँसता है। अयाज़ मजरूह[3] और ग़मगीन होकर कुर्सी का हत्था पकड़े खड़ा है।)*

आठवाँ सीन

[इज़्ज़त का कमरा। अल्मास इज़्ज़त के कपड़े तह करके संदूक़ में रख रही है। सामाने-सफ़र नज़र आता है। चारों तरफ़ कपड़े, बिस्तर, जूते, मौज़े बिखरे हुए हैं। उदासी छाई हुई है।]

अल्मास : इज़्ज़त आपा, आख़िर ऐसी जल्दी जाने की क्या थी?

इज़्ज़त : अल्मास मेरा दिल बहुत घबरा रहा है। अम्मा को देखने के लिए बहुत दिल चाहता है। *(आँसू भर आते हैं।)*

अल्मास : तो तुमने तार क्यों दिया। भाईजान का कुछ पता नहीं वो तो कल शाम को ही अपने दोस्तों के साथ चले गए।

इज़्ज़त : हूँ...*(किसी ख़याल में पड़ जाती है।)*

निशात : *(आज पहली दफ़ा दुख के आसार चेहरे पर लिए आता है और अल्मास और इज़्ज़त के क़रीब वाली कुर्सी पर बैठ जाता है।)* दुनिया नामालूम इतनी बुज़दिल क्यों है? क्यों इतना डर सब पर छाया हुआ है? अभी-अभी इंसान एक बात कहता है और दूसरे लम्हे में डर कर चुप हो जाता हैं, सारी हिम्मत रुख़्सत...आजकल भी पढ़-लिख जाने के बाद लड़कियाँ कितनी बुज़दिल हैं...हुँह...ज़लील...

[इज़्ज़त रहम-तलब निगाहों से निशात को देखती है और फिर कपड़े तह करने लगती है।]

निशात : आपा अल्मास कभी तुमने भी महमूद से कहा है कि तुम उसे

---

1. चाहे, 2. आदि-काल से सृष्टि के अंत, 3. ज़ख़्मी

चाहती हो और फिर मुकर गईं।

अल्मास : *(मुँह शर्म से लाल करके)*...वाह...चल बदतमीज़...वाह...दिमाग़ ही चल गया।

निशात : *(हँसकर)* तो इतना ग़ुस्सा क्यों होती हो। सच बताओ उसे चाहती हो?

अल्मास : निशात मैं अम्माजान से कंह दूँगी। कैसी बुरी बातें करता है!

निशात : मायूब ना?...फिर वही बेहूदा लफ़्ज़ मायूब!...ओफ़्हो...आपा तुम्हें महमूद की क़सम जो तुम न बताओ कि महमद को चाहती हो या नहीं?

महमूद : *(दरवाज़े में से झाँक कर)* हम बताएँ!

[अल्मास झनझनाती हुई उठ कर जाने लगती है।]

महमूद : ग़ुस्सा क्यों होती हो भई, हम झूठ नहीं बोला करते। कहा है और दो दफ़ा कहा है और मुकरीं नहीं।

निशात : आपा फिर भला मैं कहूँ तो क्यों भाईजान ख़ुदकुशी की धमकी दें। अगर मैं कहूँ कि मैं इज़्ज़त को चाहता हूँ तो क्यों इज़्ज़त सिर्फ़ दिखावे को मसूरी तार देकर चल दे। बताओ ना आख़िर वो भी तो मुझे चाहती है। महमूद भाई क्या ये झूठ है? *(अल्मास और महमूद हैरत से मुँह फाड़े निशात को देख रहे हैं, जो रोती हुई इज़्ज़त को ऐतिराज़ की नज़रों से देख रहा है।)*

महमूद : निशात ये बहुत बुरी बातें हैं।

निशात : *(जल कर)* बहुत बुरी बातें हैं और तुम जो कहो तब?

महमूद : हमारी मंगनी तो बुज़ुर्गों ने की।

निशात : हाँ, तुम लोग बैल-गाय जो ठहरे। उनकी शादियाँ भी ऐसे ही होती हैं। तुम्हारे हकूक़[1] सिर्फ़ इस वजह से वसी[2] हैं वो तुम्हारी अक़्ल से नहीं मिले हैं बल्कि सिर्फ़ दूसरों ने दिए हैं और मेरे...मेरे चूँकि ख़ुद-मुख़्तारी पर मुबनी[3] हैं। वो....

महमूद : मगर निशात...

निशात : इज़्ज़त भी ग़ुलामी की ज़ंजीरों में जकड़ी है। लेकिन ख़ुद से नहीं। इसीलिए तो मुझे उससे हमदर्दी है। चाहे तुम लोग एक हफ़्ते बाद ही अयाज़ की बीवी बना दो। कुछ फ़र्क़ नहीं। वो पैदा होते ही अयाज़ की बीवी बनने के लिए मुक़र्रर कर दी गई। वो आदी है

---

1. अधिकार, 2. व्यापक, 3. आधारित

कि सिर्फ़ अयाज़ ही की बीवी रहे। ख़्वाह वो निशात को चाहे। दुनिया डरपोक है। इसीलिए वो भी डरती है। ऐतिराज़ से डरती है। 'ऐतिराज़' ये एक तीसरा घिनावना लफ़्ज़ है।

नौकर : चलिए गाड़ी का वक़्त हो गया है।

[अल्मास और महमूद हैरत से देख रहे हैं। इज़्ज़त बार-बार आँसुओं को पोंछ रही है। निशात जमे हुए क़दम रखता हुआ इज़्ज़त के पास जाता है, उसे मुहब्बत से देखता है और गले लगा लेता है।]

निशात : ख़ुदा-हाफ़िज़ फिर मिलेंगे। कब?—देखना है।

[इज़्ज़त ख़ामोशी से आँसू पोंछ रही है।]

साँप

किरदार (पात्र...)

रफ़िया : *हल्की-फुल्की तीतरी की मानिन्द, भूरी जानदार आँखें और बात के साथ जुंबिश[1] करने वाली भवें। मोटे, भरे हुए होंठ और चपटी-सी नाक मगर रंग निहायत शफ़्फ़ाफ़[2]। चेहरे पर बवक़्ते-ज़रूरत ग़ुस्सा और मासूमियत दोनों अपना-अपना रंग दिखा सकते हैं, लोग उसको प्यार से हसीन कहते हैं।*

सैद : *रफ़िया का भाई। गोरा रंग, दरमियाना क़द, बला का ख़ूबसूरत, बात-बात पर रूठने वाला लेकिन जल्द ही मान जाता है। मगर चेहरे और आँखों की बनावट कुछ ऐसी है कि पता ही नहीं चलता कि अभी ग़ुस्से में है या मन चुका है। ये भी पता नहीं चलता कि रफ़िया से छोटा है या बड़ा।*

ख़ालिदा : *गदरा बदन, अगर अहतियात न करे तो गोल-मटोल हो जाए। बड़ी-बड़ी ग़िलाफ़ी आँखें जिन्हें वो जानबूझ कर अधखुला रखती है। गेहुँआ रंग, पाउडर की मदद से ज़रा खिलता हुआ सुनहरा। फूले हुए गाल जिनसे मासूमियत टपकती है और ग़ुस्सा तो जैसे आता ही नहीं। तराशे हुए बाल गुच्छों की सूरत में शानों पर पड़े रहते हैं। छोटे-छोटे हाथ और बादामी नाख़ून, चलते में बार-बार मासूमाना ग़रूर से दोनों शानों को देखते हुए।*

ग़फ़्फ़ार : *निहायत ख़ूबसूरत और नाज़ुक, इसके बावजूद दराज़ क़द, शायराना चाल और मुसव्विरों[3] के से साफ़-सुथरे हाथ। हिंदुस्तान में इतने दिलकश चेहरे बहुत कम नज़र आते हैं। ये रफ़िया की ख़ुश-क़िस्मती है कि ग़फ़्फ़ार से उसकी मँगनी हो गई थी और अब शादी में कुछ*

---

1. हरकत, 2. गोरा-चिट्टा, 3. चित्रकारों

ज़्यादा देर न थी। इसके अलावा अपने बाप का इकलौता बेटा। दादीजान के उसूल के मुताबिक़ अपने घर और कॉलिज के अलावा आज तक क़सम ले लो, कहीं नहीं गया। हाँ ससुराल आ जाता है। यहाँ उसे शर्म इस क़दर आती है कि तौबा ही भली। यही वजह है कि वो रफ़िया से बेतकल्लुफ़[1] भी नहीं।

नौकर : *ऐसा जैसे आम नौकर हुआ करते हैं। फ़रमाँ-बरदार[2], मेहनती, डाँट बर्दाश्त करने वाला।*

वक़्त—सुबह आठ बजे, गर्मी के दिन।
लिबास—बेहतरीन फ़ैशन के।
स्टेज—सिर्फ़ एक कमरा जिसमें सैद रहता है और एक अमीराना ठाट-बाट का ड्राईंग-रूम

[सैद का कमरा, कमरे में दाईं और बाईं तरफ़ एक-एक दरवाज़ा, पुश्त पर एक दरवाज़ा और खिड़की, जिसमें बाग़ और पेड़ वग़ैरा नज़र आते हैं। एक तरफ़ एक पलंग और चंद कुर्सियाँ और मेज़ों पर किताबें रखी हैं। एक आराम-कुर्सी पर सैद आगे को झुका हुआ शेव कर रहा है। शेव का सामान एक बहुत ही छोटी मेज़ पर रखा हुआ है, जिस पर से कोई चीज़ उठाने में बड़ी महारत की ज़रूरत है, वरना दो-तीन चीज़ें और लटकी चली आती हैं। सैद के चेहरे पर किसी ताज़ा ग़म के आसार हैं, जिससे मालूम होता है कि वो बहुत कुछ छुपा रहा है। ज़रा मैला-सा रात का लिबास पहने है और बेइंतिहा संजीदा भवें चढ़ाये बैठा है।]

पहला सीन

रफ़िया : *(एक बादामी रंग के कोट के बाज़ू पर एक पट्टी टाँकती हुई आहिस्ता-आहिस्ता आती है।)* लो सैद *(दाँत से धागा तोड़ते हुए)* लाओ उस दूधिया कोट को भी ठीक कर दूँ।

सैद : *(शेव रोक कर भन्ना कर खड़ा हो जाता है)* हैं! ठीक कर दूँ। क्या ठीक कर दोगी? *(आजिज़ आकर)*...आख़िर ये मेरे हर कोट के पीछे क्यों पड़ गई हो *(कोट छीन कर)* छोड़ो इधर। आख़िर ये क्यों?

---

1. अनौपचारिक, 2. आज्ञाकारी

रफ़िया : *(संजीदगी से डोरे में गिरह लगाती हुई)* हूँ, तो तुम्हारा इरादा है कि अब्बाजान के इंतिक़ाल के बाद ज़रा भी इज़हारे-ग़म न करो। आख़िर दुनिया क्या कहेगी कि एक ज़रा-सा टुकड़ा लगाना भी दुश्वार है। लाओ, दूधिया कोट कहाँ है?

सैद : क्या कहेगी दुनिया? बकने दो, मुझे ये दिखावा पसंद नहीं।

रफ़िया : तुम तो...बस दीवाने हो। आख़िर इसमें क्या बुराई है?

सैद : होने दो मुझे दीवाना। क्या हमें दुनिया में डुगडुगी पीटनी है कि भई हमारे बाप का इंतिक़ाल हो गया है। जिसका हमें बहुत ही अफ़सोस है। यक़ीन न आए तो लो देख लो काली पट्टी।

रफ़िया : ये तो मेरा मतलब नहीं *(कुर्सी पर बैठ कर नाख़ूनों से धागा सूँत रही है)*

सैद : फिर आख़िर तुम्हारा मतलब क्या है। ये जो तुमने सियाह[1] कपड़े पहने हैं। ख़ूब जानता हूँ, क्यों पहने हैं!

रफ़िया : क्यों पहने हैं। ज़रा बताना तो सही।

सैद : इसलिए कि ज़रा गोरी नज़र आओ।

रफ़िया : पागल, क्या मैं वैसे नहीं पहन सकती!

सैद : *(कुछ न सुनकर तौलिये से मुँह रगड़ते हुए)* और दूसरे इसलिए कि कॉलिज के लड़के सोचें कि बड़ी...फ़रमाँ-बरदार बेटी...। देखो ना, कैसा मातमी लिबास पहन रही है बेचारी!

रफ़िया : *(चिढ़ कर)* ओहो...क़तई नहीं।

सैद : फिर शायद इसलिए कि लोगों पर ज़ाहिर कर दो कि तुम्हारा मज़ाक़ (interest) इस मुआमले में शीला, ख़ालिदा वग़ैरा से बुलंद है, वो कभी इतने मैचिंग मातमी लिबास नहीं पहन सकतीं, जितने तुम पहन सकती हो।

रफ़िया : झूठ, बिलकुल ग़लत, शीला और ख़ालिदा दोनों के बाप ज़िंदा हैं।

सैद : *(लापरवाही से)* तो माँएँ मरी होंगी।

नौकर : *(दरवाज़े में आकर दो-एक बार खंखारता है और कोट का कालर पकड़ कर खींचता है)* अहम, सरकार...ग़फ़्फ़ार मियाँ आए हैं।

सैद : *(ग़ुस्से से कुर्सी धकेलता है)* लाहौल विलाक़ुव्वत...।

रफ़िया : क्यों ये आख़िर इतराने क्यों लगे?

सैद : *(वैसे ही चिढ़ कर)* ये कहाँ की रस्म है कि एक तो इंसान वैसे ही परेशान हो और ऊपर से लोग आकर जान खाएँ। *(ड्रैसिंग*

---

1. काले

गाऊन पहन लेता है।)

रफ़िया : मगर सैद, ग़फ़्फ़ार हैं।

सैद : *(घुटी हुई आवाज़ में)* ग़फ़्फ़ार नहीं उसका बाप भी हो तो क्या करूँ। मुझे इन पुरसा[1] देने वालों से चिढ़ है। बार-बार गोया छेड़ने चले आते हैं।

रफ़िया : *(ताने से)* सुबह से न जाने कौन-कौन तुम्हारे दोस्त चले आ रहे हैं। तो कुछ नहीं। अब ग़फ़्फ़ार के आने से जल गए।

सैद : *(झल्लाकर)* तुम और मुझे जला रही हो। जो भी आ रहे हैं बेवक़ूफ़ हैं। माना कि ग़फ़्फ़ार तुम्हारा मंगेतर है तो इससे ये मानी तो नहीं कि वो हर वक़्त सर पर सवार रहे।

रफ़िया : *(चिढ़ कर)* वाह...शर्म नहीं आती। सबके सामने मेरा मंगेतर कह दिया करते हो।

सैद : ओ हो, तो जैसे आप शर्माती हैं ना अपने मंगेतर से।

रफ़िया : यूँ तो न कहो। काफ़ी शर्माती हूँ।

सैद : *(मुँह बना कर)* काफ़ी शर्माती हो। मैं कहता हूँ जब तुम्हें इससे शादी ही नहीं करनी तो फिर इससे चालें क्यों चला करती हो!

रफ़िया : अए-हए सैद बावले न बनो *(आहट सुन कर)* शिश, चुप!

[आहट से पर्दा हिलता है और ग़फ़्फ़ार अंदर आता है। हसीन और भोले चेहरे को ग़म और घबराहट ने और भी मासूम बना दिया है। थोड़ी देर तक बेतुकी ख़ामोशी छाई रहती है, तीनों ख़ामोश हैं, सैद का ग़ुस्सा भी।]

ग़फ़्फ़ार : *(समझ नहीं आता कि क्या करे। हिम्मत करके)* उफ़! किस क़दर उदासी छाई हुई है।

सैद : *(कटते हुए लहजे में)* मुआफ़ करना...ग़फ़्फ़ार यही बिलकुल यही जुमला तुम सुबह दोहरा चुके हो।

ग़फ़्फ़ार : *(सटपटा कर रहम-तलब निगाहों से रफ़िया की तरफ़ देखता है जो सैद को घूरती है)* रफ़िया! आपका इरादा तालीम जारी रखने का है?

सैद : *(रफ़िया के बोलने से पहले ही)* क्यों? भला ऐसी क्या ख़ुशी की बात हुई है जो ये पढ़ना छोड़ बैठेंगी। ख़ूब!

ग़फ़्फ़ार : *(घबरा कर)* ये मेरा मतलब नहीं...मेरा मतलब है कि अम्माजान तनहा हो जाएँगी।

---

1. सांत्वना

सैद : हूँह! जैसे ये उनके पहलू से ही तो लगी बैठी रहती हैं।

ग़फ़्फ़ार : उन्हें एक ग़म-ख़्वार और हमदर्द की तो ज़रूरत होगी।

सैद : *(जलकर)* किस क़दर बेवक़ूफ़ हो तुम। भला ये बेगम साहिबा अम्माजान की क्या दिलजोई करेंगी। भई उनके शौहर का इंतिक़ाल हुआ है और ये क़तई नअमुलबदल[1] नहीं हो सकतीं।

रफ़िया : *(सख़्ती से)* सैद!

ग़फ़्फ़ार : *(मुर्दा आवाज़ में)* भई सैद! न मैं तुम्हारी तरह चालाक और न चर्ब-ज़बाँ[2]!

सैद : फिर आपको ऐसी पुर्सा[3] देने की आफ़त क्या पड़ी है।

रफ़िया : *(डाँटते हुए)* सैद! तुम तो इंसान के पीछे पड़ जाते हो।

सैद : *(लड़ाई के लहजे में)* तुम कौन, तुम ग़फ़्फ़ार की हिमायत लेने वाली। इसके मुँह में क्या ज़बान नहीं है!

रफ़िया : ज़बान तो है तुम्हारी तरह मुँह में तलवार नहीं है। मैं क्यों न लूँ हिमायत!

ग़फ़्फ़ार : *(ज़रा सँभल कर)* अगर रफ़िया मेरी हिमायत भी लें तो तुम्हें क्या ऐतिराज़ है, ये उनकी मेहरबानी है।

सैद : *(जलकर)* हिमायत...तुम...तुम्हें इससे बहुत मेहरबानियों की उम्मीद है।

रफ़िया : *(जल्दी से)* सैद देखो तुमने फिर मेरा दिल दुखाने की कोशिश की। अब्बाजान के इंतिक़ाल के बाद से तुम बहुत ही वो हो गए हो।

सैद : ऊँह, ये सब मक्कारी है।

रफ़िया : *(रुआँसी होकर)* हर वक़्त मेरे पीछे ही पड़े रहते हो।

सैद : *(जल कर)* तुम्हारे...तुम्हारे! अरे क्यों...बस...ये सब हमदर्दी वसूल करने के लिए है *(उसे वाक़ई रोने पर तैयार देखकर)* अच्छा भई ग़फ़्फ़ार शुरू करो तुम अपनी तक़रीर...हाँ! क्या कह रहे थे...वि बड़ी...वो उदासी छा रही है...हाँ और क्या?

[ग़फ़्फ़ार खिसियानी हँसी हँसता है।]

[थोड़ी देर फिर वही बेतुकी ख़ामोशी...]

ग़फ़्फ़ार : *(हिम्मत करके)* रफ़िया! तुम्हें इतना रंज[4] न करना चाहिए।

सैद : *(जल्दी से)* इतना, कितना?

[रफ़िया रूमाल से आँसू नहीं आँखें पोंछती है]

ग़फ़्फ़ार : *(सैद की मौजूदगी को भूलने की कोशिश करके)* रोना नहीं चाहिए

---

1. विकल्प, 2. बातूनी, 3. सांत्वना, 4. दुख

रफ़िया। मरहूम[1] को दुख होगा।

[सैद जल कर ज़ोर से हँसता है और बड़े आईने के पास जाकर तौलिये से मुँह पोंछता है और अपनी शक्ल और बाल देखता है।]

ग़फ़्फ़ार : *(मुस्तैदी से)* रफ़िया तुम्हारी सेहत पर बुरा असर पड़ने का डर है।

[सैद बेताब होकर जल्दी से ग़ुस्लख़ाने की तरफ़ चला जाता है। ग़फ़्फ़ार को बहुत नागवार गुज़रता है।]

ग़फ़्फ़ार : *(जो तनहाई को बेहतरीन मौक़ा समझता है)* रफ़िया!...तुम्हें रंजीदा[2] देखकर जानती हो मेरा क्या हाल होता है।

रफ़िया : *(बड़ी मासूम आवाज़ में)* अब रंज करना या न करना तो अपने बस की बात नहीं है।

ग़फ़्फ़ार : *(सरगोशी में)* रफ़िया!...रफ़िया! सब्र करना चाहिए। सब्र न करो तो तुम जैसा इंसान क्या से क्या हो जाए।

सैद : *(वापिस आकर आख़िरी जुमला सुनते हुए)* हूँ! फिर वही नख़रे! *(रफ़िया को ऐतिराज़ की नज़र से देखता है।)*

ग़फ़्फ़ार : *(पहली दफ़ा ग़ुस्सा होने की कोशिश करके)* सैद!

[सैद नाक सिकोड़ कर सूँ-सूँ करता है और छोटी मेज़ पर से सँभाल कर कुछ चीज़ें उठाकर बड़ी मेज़ पर रख आता है। थोड़ी देर ख़ामोशी रहती है। तीनों पर झुँझलाहट और बेतुकापन छाया रहता है, सैद उँगलियों से कोई बेसुरी गत घुटनों पर बजा रहा है। रफ़िया बार-बार रूमाल का कोना बदल रही है। ग़फ़्फ़ार अपनी अँगूठी वाली शायराना उँगली के नाख़ून को घबरा-घबरा कर दाँतों से टटोल रहा है]

ग़फ़्फ़ार : *(इधर-उधर देखकर)* अच्छा तो अब इजाज़त है?

सैद : *(चौंक कर तेज़ी से)* बड़ी ख़ुशी से।

ग़फ़्फ़ार : *(टुकड़-तोड़ जवाब से मुर्दा-दिल होकर)* मैं...मैं! *(चला जाता है।)*

सैद : *(ग़फ़्फ़ार के जाने के बाद)* हूँह, मक्कार!

रफ़िया : *(बल खाकर)* देखो सैद तुम्हारी हरकतें...

दूसरा सीन

[ड्राईंग-रूम में रफ़िया बैठी शीशे के मर्तबान में मछलियों को तोस डाल रही है। सैद बहुत से ख़त और पैकिट लिए आता है। एक-एक

---

1. मृतक, 2. दुखी

बार-बार देखता है और उलट-पुलट करता है।]

सैद : हम...इलाहाबाद से जवाब ही नहीं आया।

रफ़िया : *(मुड़कर)* अहा, डाक आ गई, कोई मेरा ख़त?

सैद : *(सोफ़े पर ख़तों को डालते हुए)* सब तुम्हारे ही हैं। मेरा तो एक आया है...ये मक्खन वाले का बिल।

[रफ़िया ज़ल्दी से ख़त उठाती है और खोल कर बड़ी तेज़ी से पढ़ना शुरू कर देती है, बार-बार हँसती है।]

सैद : रफ़िया! किसका ख़त है?

[रफ़िया सुनती ही नहीं, पढ़ने में मशग़ूल है।]

सैद : *(ज़ोर से)* मैं कहता हूँ किसका ख़त है?

रफ़िया : *(सर हिलाकर टालते हुए)* एक का है।

सैद : आख़िर वो एक है कौन?

[रफ़िया दूसरा ख़त पढ़ कर और भी ज़ोर से हँस देती है।]

सैद : *(बेताब होकर)* मैं कहता हूँ आख़िर तुम्हारे पास इस क़दर ख़त क्यों आते हैं?

रफ़िया : ये डाकिये से पूछो, वही लाता है। *(मशग़ूल है।)*

सैद : न जाने किस-किस के ख़त और ऐसे बेहूदा-बेहूदा। मैं कहता हूँ बेहयाई की भी कोई हद है!

रफ़िया : तुम...तुम्हें कौन मना करता है। तुम भी ख़त मँगवा लो। इससे भी बेहूदा ख़त...!

सैद : मगर मैं ये बातें पसंद नहीं करता।

रफ़िया : *(पुचकार कर)* तुम बड़े अच्छे बेटे हो।

सैद : *(गुस्से से)* मैं वाक़ई मज़ाक़ नहीं कर रहा हूँ। मुझसे कई लोगों ने कहा...कि...

रफ़िया : *(बेतअल्लुक़ी से)* हूँ...क्या कहा?

सैद : तुम्हें शर्म नहीं आती मगर मैं तो ज़लील होता हूँ। अच्छा तुम उस अब्दुल रहमान को क्यों ख़त लिखती हो?

रफ़िया : *(सादगी से)* चंद ज़रूरी बातें पूछनी थीं...इसलिए।

सैद : वो ज़रूरी बातें मैं जानता हूँ कि क्या हैं।

रफ़िया : जब जानते ही हो तो मेरा दिमाग़ क्यों चाट रहे हो?

सैद : मुझे बड़ी शर्म आती है और वो अब्दुल रहमान तुमसे शादी करना चाहता है।

रफ़िया : ओहो, तब तो बड़ी अच्छी बात है।

सैद : कैसी बनती हो जैसे तुम्हें मालूम ही नहीं।

रफ़िया : अरे बेवक़ूफ़ मालूम होता तो मैं उसके छः ख़तों का ज़वाब क्यों गोल कर जाती। आज...ये देखो...लिखा है, 'ये सातवाँ ख़त है।' देखो ना अगर मुझे मालूम होता तो यक़ीनन...

सैद : तुम उससे शादी करोगी!

रफ़िया : देखो ज़ोर-ज़ोर से न कहो, ग़फ़्फ़ार सुन लेगा तो बस...

सैद : बको मत, मैं तुमसे पूछता हूँ क्या...तुम...उससे...शादी करोगी? *(एक-एक लफ़्ज़ साफ़ कहता है।)*

रफ़िया : अभी इसका जवाब कैसे दे सकती हूँ।

सैद : क्यों अभी से क्या, रफ़िया...मगर याद रखो, अगर तुमने उस बुड्ढे घाघ से शादी की तो बस...

रफ़िया : तो बस...क्या? तुम ग़ुस्से में आकर जुम्मन बी से ब्याह कर लेना। अब्बाजान के बाद घर किस क़दर...

सैद : चुप रहो, तुम अब उसे ख़त न लिखना।

रफ़िया : क्यों? वाह...!

सैद : नहीं, आख़िर फ़ायदा? तुम उससे शादी तो कर नहीं रही हो।

रफ़िया : क्या मालूम...क़िस्मत की किसी को क्या ख़बर। फ़र्ज़ करो ग़फ़्फ़ार मुझसे शादी न करे और जैसे कि तुम कहते हो ज़फ़र मेरे ऊपर थूके भी नहीं, तो फिर,...ये ठीक रहेगा...रुपया बहुत है। सैद फिर दोनों...

सैद : *(ग़ुस्से से भन्ना कर)* कमबख़्त चुप रह, और फिर कहती है तुझे कुछ न कहूँ।

रफ़िया : आख़िर क्यों? मैं करती क्या हूँ?

सैद : और फिर पूछती हो 'क्या करती हूँ' ये तुम इतना क्यों इतराती हो?

रफ़िया : कौन, मैं इतराती हूँ?

सैद : हाँ और ख़ासकर ग़फ़्फ़ार को देखकर।

रफ़िया : ज़रा *(जल कर)*...अच्छा जाओ इतराते हैं, फिर तुम्हारा क्या। तुम क्यों जले मरते हो?

सैद : मुझे ग़फ़्फ़ार पर तरस आता है।

रफ़िया : ओहो, बड़ा तरस आता है जैसे उसे कोई खाए ही तो जाता है।

सैद : खाए ही जा रहा है और नहीं तो फिर क्या।

रफ़िया : *(ख़त उठाते हुए)* तुम तो पागल हो...याद है वो बावला कुत्ता

जिसने तुम्हें काटा था तो कसौली गए थे, जो न करो कम है।

सैद : अरे मुझसे जलती हो। आख़िर को तुम्हारा बड़ा भाई हूँ।

रफ़िया : तो तुम ही बता दो। मैंने ग़फ़्फ़ार के साथ क्या ज़ुल्मो-सितम किए।

सैद : तुम उसे फाँसने की कोशिश करती हो।

रफ़िया : *(हक्की-बक्की रह जाती है)* सैद कोई भाई अपनी बहन को ऐसी बेहूदा बात कहता होगा। पता है, ये गाली है।

सैद : *(हाथ घुमा कर)* सच्ची बात में गाली भी हो तो क्या किया जाए।

रफ़िया : अच्छा खाओ क़सम कि मैं ग़फ़्फ़ार को ...तौबा! तौबा! फाँसती हूँ...

सैद : *(इत्मीनान से)* फाँसती ही नहीं हो बल्कि फाँस चुकीं और अब ज़फ़र पर दाँत तेज़ कर रही हो।

रफ़िया : देखो सैद, तुम बड़ी बेहूदगी पर उतर आते हो, बर्दाश्त नहीं कर सकती, वाह-वाह ये भी कोई बात है।

सैद : तो फिर तुम क्यों ऐसी हरकतें करती हो। आख़िर उस मेमने का ख़ून चूसने में क्या मज़ा आता है। हाँ, ज़फ़र और चीज़ है।

रफ़िया : *(जल्दी से)* और चीज़...और चीज़ से तुम्हारा क्या मतलब है?

सैद : *(एक अख़बार मोड़ते हुए)* मेरा मतलब है ज़फ़र तुमसे भी ज़्यादा मक्कार है। वो उलटा तुम्हें मज़ा चखा देगा। लोहे को लोहा काटता है ना।

रफ़िया : *(बिगड़ कर)* देखो तुम घुमा-फिरा कर किसी न किसी बहाने से मुझे मक्कार कह ही जाते हो। तुम्हारी ख़ालिदा बड़ी मासूम है ना।

सैद : ख़ालिदा! लफ़्ज़े-मासूम के साथ तुम्हें ख़ालिदा कैसे याद आ सकती है अरे वो...वो तुम्हारी भी उस्ताद है। उसी ने तो तुमको बिगाड़ा है।

रफ़िया : *(धमका कर)* अच्छा कहूँगी ख़ालिदा से।

सैद : *(बदमिज़ाजी से)* लाहौल विला क़ुव्वत। एक दफ़ा नहीं, लाख दफ़ा कह देना।

रफ़िया : फिर देखना वो तुम्हारी क्या गत बनाती है। सूरत भी न देखेगी।

सैद : अरे वो मुबारक दिन आए भी कभी जब वो मेरी सूरत देखने और अपनी दिखाने से बाज़ आए।

रफ़िया : *(हैरत से)* क्या सच कह रहे हो तुम?

सैद : और नहीं तो क्या झक मार रहा हूँ।

रफ़िया : तुम्हीं दौड़-दौड़ कर वहाँ जाते हो। उसकी जूती भी परवाह

नहीं करती।

सैद : जूती भी परवा न करती होती तो भले ही दिन थे। जूती में ख़ालिदा से ज़्यादा इंसानियत है। मगर वो तो यूँ *(पंजा घुमाकर)* मुझे शिकंजे में कसे हुए है।

रफ़िया : कौन मना करता है, निकल जाओ न शिकंजे में से...

सैद : *(झल्ला कर)* अरे वो निकलने भी दे जब ना। वो एक पहुँची हुई चीज़ है, निकलने कब देगी। ज्यूँ ही निकलने की कोशिश करता हूँ, अडंगा लगा देती है।

रफ़िया : बोदे हो तुम, यूँ कहो।

सैद : और क्या, बोदा न होता तो क्या वो यूँ मुझ पर छा सकती थी।

[दाएँ दरवाज़े का पर्दा हिलता है। ख़ालिदा एक काली साड़ी और सुनहरी छोटी-सी सदरी पहने दाख़िल होती है]

ख़ालिदा : *(दोनों हाथ फैला कर एक तरफ़ झुकते हुए)* रफ़ी!

रफ़िया : *(दौड़ कर उससे लिपटते हुए)* ख़ल्लो!!

सैद : *(जाने के लिए खड़े होकर नक़ल में)* इतराना!

ख़ालिदा : *(चौंक कर)* अरे रफ़ी! भई अभी कौन चूँ से बोला था? *(कान पर हाथ रख कर)* कहीं...भई मुझे चूहों से बहुत डर लगता है।

सैद : *(दाँत भींच कर)* बिल्लियाँ ही चूहों से नहीं डरेंगी तो कौन डरेगा।

ख़ालिदा : *(मुड़ कर मुस्कुराते हुए)* सैद डियर!

[सैद जेबों में हाथ डाले ठोढ़ी सीने से लगाए खड़ा घूरता रहता है।]

ख़ालिदा : *(जैसे निढाल होकर कुर्सी पर गिर जाती है।)* रफ़ी, मैं सैद से बहुत ख़फ़ा हूँ।

सैद : *(वैसे ही तने हुए)* शुक्रिया!

ख़ालिदा : *(तअज्जुब से)* शुक्रिया? रफ़ी! सैद से पूछो आज मेरे ग़ुस्से पर शुक्रिया कैसा?

सैद : *(नक़ल में)* रफ़ी ख़ालिदा से कह दो मुझे इसके ग़ुस्से की रत्ती भर परवा नहीं।

ख़ालिदा : इनसे कहो इतराएँ नहीं।

सैद : इनसे कह दो दबते नहीं तुमसे।

ख़ालिदा : *(संजीदगी से)* रफ़ी इनसे कह दो ख़ुदा के लिए अपनी जेबों से हाथ निकाल लें, बिलकुल रबड़ का गुड्डा लग रहे हैं।

[जल्दी से जेबों से हाथ निकाल लेता है और फ़ौरन ही शर्मिंदा हो जाता है।]

[रफ़िया और ख़ालिदा एक-दूसरे पर गिर कर लोट जाती हैं और बेबात हँसती हैं।]

सैद : और तुम...तुम जैसे मोम की पुतलियाँ, मनो पाउडर थोप लिया और बन गईं हसीन।

ख़ालिदा : *(चेहरे को पाउडर की अहतियात से थपथपाते हुए)* रफ़ी ! मैं पाउडर लगाती हूँ?

रफ़िया : *(झूठ बोलकर)* नहीं तो।

ख़ालिदा : *(डाँट कर)* फिर...फिर सैद ने कैसे कहा?

रफ़िया : *(ख़ुशामद से)* ग़लती हुई बेचारे से।

सैद : बिलकुल नहीं, तुम दोनों पाउडर लगाती हो और भवें भी उखेड़ती हो।

रफ़िया : आहा...*(मज़ाक़ उड़ाते हुए)* उखेड़ती!

ख़ालिदा : हाँ 'उखेड़ती' हैं, भवें न हुईं ख़ेमे हो गए जो उखेड़े जाएँ।

सैद : *(खिसिया कर)* और क्या...।

ख़ालिदा : रफ़ी ये सरासर बुहतान *(झूठा आरोप)* है। न हम पाउडर लगाएँ न भवें उखेड़ें। हम क़तई उतने ही हसीन हैं, जितने नज़र आते हैं और सैद को ख़ुदा के लिए समझाओ कि हमारी भवें पैदाइशी कमान जैसी खिंची हुई हैं।

सैद : *(हाथ झटक कर)* होंगी। ज़रूर होंगी, कमान नहीं तोप के गोले होंगी। बस!

ख़ालिदा : तो गोया आपको शक भी हो सकता है। रफ़ी! सैद कितने बदज़ोक़ हैं, दुनिया अपने महबूब की शान में क़सीदे कहती है और ये हज़रत ख़्वाहम-ख़्वाह पाउडर-लिपस्टिक का ज़िक्र करते हैं। तुम्हें क्या, हम कुछ भी लगाएँ, दिखाई तो ख़ूबसूरत देते हैं।

सैद : तुम लोग बेशर्म हो।

[लापरवाही से खिड़की में झाँकने लगता है। ख़ालिदा और रफ़िया चुपके-चुपके बातें करके स्कीम बनाती हैं।]

रफ़िया : अच्छा तो मैं ज़रा दोपहर के खाने के लिए बावर्ची को बता आऊँ *(रौब से)* सैद ख़ालिदा का दिल न घबराने पाए।

सैद : *(गोया सुना ही न हो।)*

[ख़ालिदा दबे पैर सैद के पीछे जाती है, वो कुछ नोट्स नहीं लेता और बराबर बाहर ग़ौर से झाँक रहा है। ख़ालिदा कुछ चिढ़ कर हाथ तोल कर गाल पर एक थप्पड़ मारती है।]

ख़ालिदा : *(भोलेपन से हाथ को देखती है, जैसे कुछ ढूँढ़ रही हो)* कहाँ गया,

ये मोटा-सा मच्छर था। उड़ गया।

सैद : *(भन्ना कर मुड़ता है और गाल पर हाथ रख कर)* लाहौल विला क़ुव्वत!

ख़ालिदा : सच कहती हूँ, मच्छर था, ये बड़ा-सा...उड़ गया।

सैद : मुआफ़ कीजिए! आइंदा से आप मेरे मुँह पर मच्छर का शिकार न कीजिए। काटने दीजिए मच्छरों को।

ख़ालिदा : *(मासूम आँखें बनाकर लचकती हुई)* वाह, ये कैसे हो सकता है। मेरा दिल कैसे मानेगा। मच्छर को काटते देखूँगी तो ज़रूर उसे मारूँगी। तुम्हारी तकलीफ़...

सैद : मेरी तकलीफ़? *(रुखाई से)* मुआफ़ रखो अपनी हमदर्दी से। *(दूर कुर्सी पर बैठ जाता है।)*

ख़ालिदा : ओहो! ये कैसे? *(आकर उसकी कुर्सी के हत्थे पर बैठ जाती है)* ये कभी हो भी सकता है, मैं तुम्हारी तकलीफ़ का ख़याल न करूँ तो फिर कौन करे सैद? फिर कौन ख़बरगीरी करे। तुम्हारे ऊपर मक्खियाँ भनकने लगें तो क्या मैं न उड़ाऊँ?

सैद : *(कुछ जला हुआ)* हूँ, बकवास जो कोई तुम्हारी सुने।

ख़ालिदा : तुम पर तो हर वक़्त भूत सवार रहता है।

सैद : *(कड़वाहट से)* हूँ, जानती हो ये भूत आता कहाँ से है!

ख़ालिदा : हाँ...आँ...अरे ठहरो *(कान पर ऐसे चुटकी लेती है जैसे कोई कीड़ा पकड़ रही हो)* अए-हए जूँ! तौबा है सैद! *(बाल पकड़ कर हिला कर)* सर मुँडाओ। ये पट्टिया पारने का क्या शौक़ है। कानों पर तो जूएँ रेंग रही हैं...ई...क़...*(घिन खाती है।)*

सैद : *(तड़पकर दूसरी कुर्सी पर ज़ोर से जा बैठता है)* क्या मतलब है तुम्हारा ख़ालिदा। इस ज़रा-सी देर में मज़ाक़ ही मज़ाक़ में तुमने एक थप्पड़ टिका दिया। चुटकी भर ली और बाल नोच डाले। कहाँ है जूँ ज़रा मैं भी तो देखूँ।

ख़ालिदा : बोलो तो क्या मैं तुम्हारी जुएँ सेंत-सेंत कर रखती हूँ। फेंक भी दी मैंने।

सैद : *(ताड़ कर)* हाँ ज़रूर फेंक दी।

ख़ालिदा : अए ये ज़रा-सी जूँ का क्या झगड़ा खड़ा कर लिया। और नहीं तो क्या मैंने खा ली। *(रूठकर कुर्सी पर बैठ जाती है)*

सैद : मैं पूछता हूँ, तुम्हें मज़ा क्या आता है?

ख़ालिदा : काहे में?

सैद : लोगों को दुख पहुँचाने में।

ख़ालिदा : *(ख़ुशी से खिलकर)* दुख पहुँचाने में? तुम्हें दुख पहुँचता है? *(मुहब्बत से)* सैद, मैं समझती थी तुम बिलकुल मिट्टी के माधो हो। जिसे न कोई दुख पहुँच सकता है न सुख...जो न हँसता है न रोता है। *(दुआ के लिए हाथ उठाकर)* या अल्लाह तेरा शुक्र है कि सैद में भी जान है।

सैद : *(ग़ुस्से से पहलू बदल कर)* तुम बड़ी मक्कार हो।

ख़ालिदा : *(एकदम संजीदा होकर)* तुम्हारी ज़ुबान बड़ी गंदी हो गई है सैद!

सैद : जो बात होगी वो ज़रूर कहूँगा।

ख़ालिदा : क्या बात है आख़िर मैंने तुम्हारे साथ क्या मक्कारी की? जो हर वक़्त कहते रहते हो।

सैद : ये मक्कारी नहीं तो क्या है कि ख़ुद...ख़ुद तो मेरे सर पर चढ़ कर आती हो और अपनी सहेलियों से कहती फिरती हो सैद मेरी जूतियाँ चाटता है, मुँह...

ख़ालिदा : बिलकुल ग़लत, टॉमी अगर तुम्हें मेरी जूतियाँ चाटते देख ले तो चबा डाले। नामुमकिन! मैं ऐसी बेहूदा और ग़लत बात कह ही नहीं सकती।

सैद : *(तेज़ी से)* तुमने नहीं कहा कि मैं तुम्हारे पीछे-पीछे लगा फिरता हूँ।

ख़ालिदा : *(इत्मीनान से सर हिला कर)* हाँ ये तो मैंने कहा, तो इसमें क्या ग़लत है। लड़कों के लिए तो ये बात बाइसे-फ़ख़्र है कि वो ख़ूबसूरत लड़कियों के पीछे दौड़ें। देख लो सभी ये...करते हैं।

सैद : होगा बाइसे-फ़ख़्र औरों के लिए, मगर मेरे लिए तो ज़िल्लत है। मैं ये...बेहूदगियाँ नहीं पसंद करता।

ख़ालिदा : ओहो, बड़े वो हो ना। सब जानते हैं तुम्हें, शीला के साथ...

सैद : लाहौल विला क़ुव्वत...वो मेरी क्लास-मेट थी। कभी-कभी बात कर लेता था तो सुना है आपने उससे उलटी-सीधी बातें कीं।

ख़ालिदा : मैंने क्या उलटी बातें कीं? मैंने यही कहा कि तुम बड़े चलते हुए हो।

सैद : झूठी, ये नहीं कहा तुमने।

ख़ालिदा : झूठे होंगे तुम! फिर क्या कहा मैंने...अच्छा वो मँगनी वाली बात!

सैद : हाँ।

ख़ालिदा : तो क्या हुआ।

सैद : तुमने कहा कि मेरी तुम्हारे साथ मँगनी हो गई!

ख़ालिदा : हाँ कहा, तो फिर?

सैद : तुम्हारा मतलब क्या था ये कहने से, जब कि...जब कि...तुम...

ख़ालिदा : सैद तुम सचमुच दीवाने[1] हो। अए-हए यूँ ही कह दिया था ताकि वो तुमसे फ़्लर्ट न करे।

सैद : तुम कौन होती हो? तुम्हें इससे क्या, कोई कुछ करे।

ख़ालिदा : तो अब मैंने ये भी तो मशहूर कर दिया कि मँगनी टूट गई। बस बदला निकल गया।

सैद : अरे ख़ालिदा हद करती हो। तुमने मँगनी टूटने के क़िस्से में भी मुझे ही ज़लील किया।

ख़ालिदा : और क्या पागल! ख़ुद अपने आप को कुछ कह देती?

सैद : मगर अब मैं जो शीरीं से मिलता हूँ तो क्यों जलती हो?

ख़ालिदा : कुछ भी हो सैद, तुम कैसे भी नालायक़ या बदसूरत क्यों न हो, मगर कोई लड़की ये कभी पसंद नहीं करती कि उसे पसंद करने वाला किसी दूसरी लड़की को पसंद करने लगे। समझे!

सैद : चाहे वो ख़ुद उसे रत्ती भर न पधारती हो।

ख़ालिदा : ना चाहे रत्ती भर, न पधारती हो।

सैद : बेशर्म!

ख़ालिदा : क्यों?

सैद : और तुम मुझे इस वक़्त दिक़[2] करने नहीं आई, क्यों?

ख़ालिदा : ख़ाक, मैं तो पुर्सा देने आई थी।

सैद : हाँ, और ये जब से तुम मेरी जान को पुर्सा ही तो दे रही हो। या बैठी-बैठी मुझे दल रही हो।

ख़ालिदा : ऊँह, अब तुम्हें कौन समझाए।

सैद : समझाओ तो जब कि मैं ख़ुद न समझता हूँ। ये तुमने रफ़िया को यहाँ से क्यों टरख़ा दिया। इसीलिए ना कि मुझे घेर कर मेरा ख़ून चूसो।

ख़ालिदा : अगर तुम ऐसी बातें करोगे तो मैं भी चली जाऊँगी।

सैद : *(मुर्दा आवाज़ में)* काश तुम अपनी धमकियों को कभी सच भी कर दिखातीं।

ख़ालिदा : तो क्या तुम चाहते हो कि मैं चली जाऊँ?

सैद : यक़ीनन *(फिर जल्दी से)* नहीं-नहीं, अगर तुम्हें शुब्हा भी हो जाएगा

---

1. पागल, 2. तंग

कि मैं चाहता हूँ तुम चली जाओ तो सारे वक़्त मेरे सर पर सवार रहोगी। तुम्हें मेरी हर बात से ज़िद हो जाती है।

ख़ालिदा : *(हँसते हुए उसकी तरफ़ बढ़कर)* तुम बहुत अक़्लमंद हो गए हो सैद।

सैद : *(कड़वाहट से)* हालाँकि मुझे पुख़्ता यक़ीन है कि तुम मुझे बेवक़ूफ़ समझती हो *(उसे अपनी तरफ़ बढ़ता देखकर)* ये मेरी तरफ़ फिर इनायत हो रही है। अगर तुम चाहती हो तो वो रहा दरवाज़ा।

ख़ालिदा : *(बनावटी हैरत से)* अरे तुम तो वाक़ई होशियार होते जा रहे हो।

सैद : हाँ, हाँ, मगर तुम बड़े आराम से कुर्सी पर बैठ सकती हो। *(दूर की कुर्सी की तरफ़ इशारा करता है।)*

ख़ालिदा : *(प्यार से)* आओ सैद मिलाप कर लें।

सैद : मुआफ़ ही रखो। क्या फिर कोई मच्छर वग़ैरा नज़र आया?

ख़ालिदा : *(नर्मी से)* ना सैद! अब के कुछ नहीं। जो कुछ भी करूँ तो जो सज़ा चाहो देना। *(आकर कुर्सी के हत्थे पर बैठ जाती है)* लो इसी बात पर तुम मेरा हाथ चूम सकते हो।

सैद : *(त्यौरियाँ चढ़ाए, मुँह फुलाए)* ऊँह!

[रफ़िया पर्दे की आड़ से झाँकती है और ख़ालिदा को आँख से इशारा करती है।]

ख़ालिदा : *(अपना हाथ उसके होंठों से लगाकर चुमकारती है)* लो।

[रफ़िया अंदर आती है और सैद को ऐतिराज़ की नज़रों से देखती है।]

रफ़िया : *(कटती हुई आवाज़ में)* आजकल के लड़के इस क़दर बदमाश हो गए हैं कि तौबा ही भली! शरीफ़ लड़कियों का तो घर में आना दुश्वार है।

[सैद जल कर ख़ालिदा को हत्थे पर से धकेलना चाहता है, जो पहले ही हट चुकी है और खिड़की में से बाहर झाँक रही है]

रफ़िया : *(डाँटकर, जिससे सैद को नफ़रत है)* क्या बात थी सैद?

ख़ालिदा : *(मासूम आवाज़ में)* कुछ नहीं। इनके कान पर जूँ रेंग रही थी। ये मोटी भैंस की भैंस। मैंने पकड़ कर फेंक-फाँक दी। अब कहते हैं... *(सैद को उठता देखकर जल्दी से खिड़की से बाहर झाँकने लगती है जैसे कुछ हुआ ही नहीं।)*

[सैद भन्ना कर उठता है और बाग़ की तरफ़ जो दरवाज़ा है उसमें से चला जाता है। ख़ालिदा और रफ़िया ज़ोर-ज़ोर से हँसती हैं।]

तीसरा सीन

[सैद और रफ़िया एक ही सोफ़े पर बैठे हैं। दोनों ज़रा बेहतर और मुहज़्ज़ब नज़र आ रहे हैं। रफ़िया अल्बम में तस्वीरें लगा रही है और सैद टाँग पर टाँग रखे अख़बार पढ़ रहे हैं।]

रफ़िया : छुट्टियों ने तो सैद थका डाला। जी ही नहीं लगता।

सैद : हूँ, बोटिंग को चलती हो?

रफ़िया : हाँ ख़ल्लो को भी बुला लेंगे।

सैद : ना भई ख़ल्लो-टल्लो का झोल है।

रफ़िया : ओह, ख़ल्लो बग़ैर चाहे कुछ मज़ा न आए ख़ुद को भी।

सैद : किसे मुझे, तौबा करो। सारे वक़्त तो मुझसे उलझती रहती है। तुम्हीं कह दो इंसाफ़ से उस दिन उसने मेरा जीना दूभर कर दिया था कि नहीं।

रफ़िया : अच्छा अब मैं उसे मना कर दूँगी। आज मैंने ख़ालिदा, ज़फ़र और ग़फ़्फ़ार को खाने पर बुलाया है। ख़ल्लो तो चाय भी नहीं पिएगी।

नौकर : *(दरवाज़े ही में से झुक कर)* ज़फ़र मियाँ आए हैं। आपको बुला रहे हैं।

सैद : ये क्या बेहूदगी है वाह कि दरवाज़े में से कौवे की तरह खड़े गर्दन झुका-झुका कर चिल्ला रहे हैं।

नौकर : *(अंदर आकर ज़रा खिसियानी आवाज़ में)* ज़फ़र मियाँ आए हैं।

सैद : कितनी दफ़ा कहा कि ऐसे दूर से न चिल्लाया करो। गोया...कि...ये कोई तरीक़ा नहीं।

नौकर : *(और भी धीमी आवाज़ में)* ज़फ़र मियाँ आए हैं।

सैद : *(जल कर)* बस बके जाना...टर-टर, टर-टर, कह दो आते हैं।

रफ़िया : *(अल्बम समेट कर)* नहीं, ज़फ़र को यहाँ बुला लो ना, यहीं भेज दो।

सैद : नहीं ठहरो।

[नौकर आधा जाकर लौट आता है।]

रफ़िया : *(नौकर को डाँटकर)* जाओ मैं कहती हूँ। कह दो सैद काम कर रहे हैं।

सैद : ठहर बदतमीज़ *(नौकर मुँह बनाकर लौटता है)* यही मुझे काम है हम दोनों जा रहे हैं मोटर ख़रीदने ज़फ़र के लिए।

रफ़िया : *(खड़ी होकर नौकर को डाँटती है)* जाते हो कि नहीं। कह दो नहीं

आते सैद।

[नौकर भागता है तो अंदर दाख़िल होते हुए ज़फ़र से टकरा जाता है। बेतरह डर कर भागता है।]

ज़फ़र : अरे भई आते क्यों नहीं थे, चलोगे? *(सिगरेट सुलगाता है)*

सैद : हाँ-हाँ ठहरो।

रफ़िया : ठहरो तो। ज़फ़र! अम्माजान ने कहा है कि तुम मुझे फ़िलॉस्फ़ी पढ़ाने आया करो।

ज़फ़र : *(नाक सिकोड़ कर)* फ़िलॉस्फ़ी! मेरे बाप ने फ़िलॉस्फ़ी नहीं पढ़ी तो तुम्हें क्या ख़ाक पढ़ाऊँगा।

रफ़िया : तो ख़ैर इकनॉमिक्स पढ़ा देना।

ज़फ़र : क्या बक रही हो। ये बनियों वाले मज़्मून[1] मैं क्या जानूँ। मैं साईंस-स्टूडेंट हूँ।

रफ़िया : बको मत, अम्माजान ने कहा है। शर्म नहीं आती उनका कहना टालते।

सैद : *(हाथ हिलाकर)* नहीं ज़फ़र, अम्माजान ने बिलकुल नहीं कहा। दिल से गढ़ रही है।

ज़फ़र : मगर भई मुझे आए भी जब ही तो पढ़ाऊँ या वैसे ही...

रफ़िया : अच्छा तो Poetry पढ़ा दिया करो *(हँसकर)* अब बच कर कहाँ जाओगे।

सैद : कुछ नहीं जी। झूठ बोल रही है, इसे ज़रूरत भी नहीं।

रफ़िया : मैंने क्या झूठ बोला?

सैद : यही कि अम्माजान ने कहा कि कोई न कोई उलटा-सीधा मज़्मून ज़रूर ही ज़फ़र से पढ़ो। *(ज़फ़र से)* जब इसका दिल किसी काम के करने को चाहता है तो मेरे या अम्माजान के सर पर थोप देती है और कुछ ऐसा फंदा डालती है कि बस ही नहीं चलता।

रफ़िया : *(तेज़ी से)* और जो मैंने पुछवा दिया तो!

सैद : किससे पुछवा दोगी?

रफ़िया : ख़ल्लो से, दूसरे ज़फ़र तुम्हारा ही फ़ायदा है।

ज़फ़र : फ़ायदा, मेरा क्या फ़ायदा है? न पढ़ोगी न कुछ...सैकड़ों दफ़ा लड़ाई होगी...ख्वाह-म-ख़्वाह...भला क्या फ़ायदा?

रफ़िया : तुम्हारा ये फ़ायदा है कि तुम्हें बहाना ढूँढ़ कर मुझसे मिलने न आना

---

1. विषय

पढ़ेगा। मज़े से एक बहाना मौजूद रहेगा और ग़फ़्फ़ार को भी ऐतिराज़ न होगा, क्यों?

सैद : *(तड़प कर)* ओ...ह...बस, ज़फ़र मैंने कितना कहा था तुझसे कि इस बला से बचा रहियो...मगर तू भी निरा उल्लू ही निकला। अब देख तुझे कैसी जूतियाँ खिलवाती है।

ज़फ़र : अजी खिलवाएँ जूतियाँ, मैं जैसे इसकी चालों में आ ही जाऊँगा।

रफ़िया : लो ज़फ़र अब तुम्हें भी जूतियाँ लगीं और सैद की तरह इतराना शुरू किया। इनकी सोहबत ने तो तुम्हें किसी काम का नहीं रखा।

सैद : मेरी सोहबत, मेरी सोहबत क्या बुरी है? तुम अपनी कहो। तुम्हें ख़ालिदा की सोहबत ने जंगली बना दिया है बिलकुल।

[ख़ालिदा मुँह फुलाए आती है और बिलकुल सैद के क़रीब बैठ जाती है]

ख़ालिदा : हर वक़्त मेरा ज़िक्र, हर वक़्त मेरा ज़िक्र! लगता है तुम्हारे ख़यालों की दुनिया में मैं ही छाई हुई हूँ।

सैद : *(मुँह बनाकर)* ज़रूर!

रफ़िया : लो अब पुछवाए देती हूँ...क्यों ख़ल्लो...

ज़फ़र : *(बात काट कर)* क्यों...ठहरो। ख़ल्लो क्या तुम्हारे सामने अम्माजान ने कहा कि रफ़िया को पढ़ाऊँ?

ख़ालिदा : *(संजीदगी से)* कितनी मर्तबा कहा कि ज़फ़र मेरा नाम इस क़दर प्यार से न लिया करो। सैद को रश्क[1] होता है। क्यों सैद?

सैद : *(बुरा मान कर)* लाहौल विला क़ुव्वत!

रफ़िया : तो कल से ज़फ़र मुझको पढ़ाने आया करेंगे।

ज़फ़र : नहीं। क़तई नहीं...मैं...

रफ़िया : ख़ैर, तो मैं महमूद साहब को लिखूँगी, वो पढ़ा दिया करेंगे।

सैद : जी नहीं, महमूद से नहीं। हमारे यहाँ उनकी आमदो-रफ़्त नहीं।

रफ़िया : आमदो-रफ़्त नहीं तो अब हो जाएगी।

सैद : जी नहीं, नहीं होगी।

रफ़िया : *(चिढ़कर)* ये भी तुम्हारी धौंस है। ज़फ़र पढ़ाएँ नहीं...महमूद साहब की आमदो-रफ़्त नहीं...। क्यों उनके पढ़ाने पर क्या ऐतिराज़ है आपको...? पोएट्री उनसे अच्छी कौन पढ़ा सकता है!

ज़फ़र : अजी...वो है ज़माने भर का...लोफ़र...

---

1. ईर्ष्या, जलन

सैद : जी नहीं। ये बात नहीं है *(ताने से मुस्कुराकर)* उनसे बढ़कर कौन लोफ़र होगा!

रफ़िया : *(चौंक कर)* कौन?

सैद : जी आप। ख़ालिदा वग़ैरा-वग़ैरा।

ख़ालिदा : होश में हो सैद, तुम्हारी वग़ैरा-वग़ैरा होंगी लोफ़र। हम क्यों होते!

सैद : जी नहीं, आप तो सबसे बढ़ कर। ख़ुदा बचाए।

ख़ालिदा : *(हैरत और दुख से)* सुन रही हो?

रफ़िया : सुन रही हूँ, रोज़ ही सुनती हूँ। सैद तो ख़ैर पागल है ही। मुझे तो ज़फ़र पर हैरत हो रही है कि अम्माजान की बात नहीं सुनते।

ज़फ़र : मैं कहता हूँ अम्माजान बेचारी को ख़बर भी नहीं। तुम दिल से बना रही हो।

रफ़िया : *(आहट सुन)* शी...! लो अम्माजान ख़ुद आ रही हैं।

[ज़फ़र सिगरेट फेंक कर ठीक से बैठ जाता है। ख़ालिदा जल्दी से सैद के पास से उठकर दूर बैठ जाती है। पर्दा खुलता है और सियाह शेरवानी और तंग पाजामा पहने ग़फ़्फ़ार दाख़िल होता है]

रफ़िया : *(हैरत से)* अरे!

[सब ज़ोर से क़हक़हा लगाते हैं। ख़ालिदा वापस सैद के पास बैठ जाती है। ज़फ़र नया सिगरेट सुलगा लेता है, बदमिज़ाजी से घुटना हिला रहा है]

ग़फ़्फ़ार : *(इस ख़ामोश एक्टिंग से उकताकर)* क्या बात है भई?

[सब फिर ज़ोर से हँसते हैं।]

सैद : उल्लू!

ग़फ़्फ़ार : *(मुजरिमाना अंदाज़ में)* कौन?

ज़फ़र : ऊँह...हम...सब *(बात टाल कर)* तुम अपनी कहो।

ग़फ़्फ़ार : *(सब तरफ़ से बेतवज्जो[1] होकर)* रफ़िया तबीयत तो अच्छी है?

रफ़िया : *(अधखुली आँखों से सैद को देखकर कि लो अब क्या जवाब दूँ)* हाँ मगर मेरी तबीयत थी कब ख़राब?

ग़फ़्फ़ार : मेरा मतलब है मिज़ाज तो अच्छा है?

रफ़िया : मैं बदमिज़ाज कभी थी ही नहीं।

ग़फ़्फ़ार : *(थककर)* ये तो मैंने नहीं कहा कि तुम बदमिज़ाज हो।

रफ़िया : फिर?

ग़फ़्फ़ार : *(शर्मिंदा होकर)* मैंने तो वैसे ही पूछा था।

---

1. उपेक्षित

रफ़िया : *(दबी ज़बान में)* रस्मन?

ग़फ़्फ़ार : हाँ रस्मन ही समझो।

सैद : अरे काँटों की झाड़ी से क्यों उलझ रहे हो!

[थोड़ी देर बेतुकी ख़ामोशी रहती है]

रफ़िया : *(एकदम से)* अए-हए ज़ाफ़रान देना तो भूल ही गई। मैं आज शाही टुकड़े पका रही हूँ।

सैद : चल झूठी कभी बावर्ची-ख़ाने में झाँकती तक नहीं।

ख़ालिदा : *(बाग़ की तरफ़ वाले दरवाज़े से जाते हुए)* सैद ज़रा यहाँ आओ तुमसे एक ज़रूरी बात करनी है।

सैद : *(मुँह फुलाकर)* क्या बात! क्या फिर कोई मच्छर-वच्छर...

ख़ालिदा : नहीं-नहीं, तुम आओ तो सही।

[सैद उठकर जाता है, ख़ालिदा उसके बाज़ू में हाथ डाल कर खींचती हुई चली जाती है।]

ज़फ़र : *(जैसे ख़्वाब में हो)* ओफ़्फ़ो...! ये लड़कियाँ!!

ग़फ़्फ़ार : क्यों, कौन लड़कियाँ?

ज़फ़र : सब लड़कियाँ, एको-एक...सब नागिनें हैं।

ग़फ़्फ़ार : मैं तो नहीं सोचता। ये क्यों?

ज़फ़र : *(बहुत-सा धुआँ हवा में फैलाकर)* हूँ...तुम बेचारे सोचते ही क्या हो!

ग़फ़्फ़ार : *(बुरा मान कर)* क्यों? मुझमें बेचारेपन की ऐसी क्या बात है?

ज़फ़र : ये...ये कि...तुम...जाने भी दो अब।

ग़फ़्फ़ार : आख़िर कुछ कहो तो।

ज़फ़र : कहूँ क्या *(जलकर)* तुम बच्चे हो बच्चे और रफ़िया नागिन।

ग़फ़्फ़ार : *(बिगड़ कर)* क़तई नहीं। कम-अज़-कम रफ़िया के बारे में तुम्हें ग़लत-फ़हमी हुई, वो इस क़दर...

ज़फ़र : *(ताने से जुमला पूरा करके)* भोली है! क्यों?

ग़फ़्फ़ार : यक़ीनन।

ज़फ़र : *(ज़ोर-ज़ोर से हँसता है और बनावटी खाँसी खाँसता है)* भोली! ज़रूर!

ग़फ़्फ़ार : *(ज़रा सख़्ती से)* तुम ये भी जानते हो ये तुम किसके सामने कह रहे हो?

ज़फ़र : *(जल कर भवें सिकोड़ कर उसे देखते हुए)* शायद आपके सामने।

ग़फ़्फ़ार : और शायद तुम ये भी जानते हो कि...

ज़फ़र : कि जनाब को रफ़िया से मुहब्बत है और उसे चाहते हैं।

ग़फ़्फ़ार : यक़ीनन, एक फ़रिश्ता-ख़स्लत[1] लड़की के लिए मैं...

ज़फ़र : रफ़िया, फ़रिश्ता-ख़स्लत!

ग़फ़्फ़ार : बेशक क्यों नहीं...आख़िर...

ज़फ़र : *(बात काट कर अपनी तेज़ ज़बान में)* तुम शायद उन बेवक़ूफ़ों में से हो जो आँख मींच कर हर लड़की को हसीन, मासूम और नेक क़रार दे देते हैं *(एकदम ज़रा उठकर)* ग़फ़्फ़ार ! तुम्हारा इरादा मेरा मतलब रफ़िया से शादी करने का है?

ग़फ़्फ़ार : ये बात अरसा हुआ तय हो चुकी।

ज़फ़र : तो तुम ठिकाने लग चुके। *(वापस कुर्सी पर लेट जाता है।)*

ग़फ़्फ़ार : *(कुछ न समझ कर)* यानी!

ज़फ़र : *(थोड़ी देर ग़फ़्फ़ार को घूरकर)* ऊँह! तुम नहीं समझते। तुम कुछ नहीं समझते। तुम समझ ही नहीं सकते।

ग़फ़्फ़ार : न जाने क्या बक रहे हो।

ज़फ़र : *(कुछ न सुन कर)* तुम नहीं जानते इन लड़कियों को। ये सब...सब बिल्लियाँ हैं बिल्लियाँ। तुमने देखा है एक चूहे को बिल्ली कैसे झिंझोडियाँ देती है। कभी इस रान को दबाया, कभी उस पंजे पर कचली मार दी, कभी कमर में गुदगुदाया...और कभी पूरा हड़प कर गईं।

ग़फ़्फ़ार : *(मुतहय्यिर[2] होकर)* सिन्फ़े-नाज़ुक[3] के बारे में तुम्हारे बड़े लचर ख़यालात हैं।

ज़फ़र : *(जल्दी-जल्दी)* सिन्फ़े-नाज़ुक, सिन्फ़े-नाज़ुक...और किस क़दर बेमानी लफ़्ज़ है। किस...न जाने किस बेवक़ूफ़ ने इन्हें सिन्फ़े-नाजुक का ख़िताब दिया है।

ग़फ़्फ़ार : *(ज़फ़र की बेवक़ूफ़ी पर मुस्कुरा कर)* तो तुम्हारे ख़याल में औरतें सिन्फ़े-नाज़ुक कहलाने की हक़दार नहीं?

ज़फ़र : हक़दार! हक़दार होने की ख़ूब कही। अजी ये दुनिया के सारे आराम और चैन उठाने की हक़दार हैं। कोल्हू के बैल की तरह जुत कर काम करें, सर फटवाएँ हम। दुनिया भर की आफ़तें उठाएँ हम और ये सिन्फ़े-नाज़ुक बनकर हमारे ऊपर भूत की तरह सवार हो जाएँ और फिर सिन्फ़े-नाज़ुक अपनी-सी करने पर उतर आएँ तो वो गत बनाएँ कि जीना दुश्वार कर दें।

ग़फ़्फ़ार : मेरे ख़यालात शुक्र है तुमसे अलग हैं और रहेंगे।

---

1. देव-तुल्य, 2. स्तब्ध, 3. नारी-वर्ग,

ज़फ़र : और फिर इन्हीं ख़यालात के बिरते पर तुम रफ़िया से शादी करने का दावा रखते हो। *(एकदम से)* कभी तुमने बराहे-रास्त[1] भी रफ़िया की राय मालूम की...मेरा मतलब है शादी के बारे में...।

ग़फ़्फ़ार : हाँ, मुझसे एक दफ़ा ये ग़लती हो गई थी।

ज़फ़र : *(गुस्से से चीख़ कर)* ग़लती! क्या आदमी हो तुम...

ग़फ़्फ़ार : हाँ-हाँ ग़लती *(दुखी होकर)* उसके वालिद के इंतिक़ाल के फ़ौरन ही बाद।

ज़फ़र : फिर उसने क्या कहा?

ग़फ़्फ़ार : कुछ नहीं, मत याद दिलाओ ज़फ़र, वो मेरी बेवक़ूफ़ी थी। वो रोने लगी।

ज़फ़र : *(हैरत से)* रोने लगी!

ग़फ़्फ़ार : हाँ मेरी बेवकूफी...ऐसे मौक़े पर दिल दुखाना।

ज़फ़र : हूँ...ज़रूर रोई होगी। तुम्हारी बदहवासियों पर वो बार-बार रो चुकी है। मगर दिल दुखाने को तुमसे किसने कहा था।

ग़फ़्फ़ार : दिल ही दुखाना हुआ ऐसे सदमे के बाद।

ज़फ़र : *(हाथ झटक कर)* तो फिर तुम क़यामत तक किसी लड़की को नहीं समझ सके। अच्छा *(कुछ सोच कर रुक-रुक कर)* फ़र्ज़ करो रफ़िया...को...रफ़िया मर जाए...तो तुम...।

ग़फ़्फ़ार : कम-अज़-कम मेरे सामने तो तुम ऐसी बातें मत करो।

ज़फ़र : *(दोनों हाथों से कनपटियाँ दबा कर)* अफ़्फ़ोह, कैसे कहूँ तुमसे ग़फ़्फ़ार *(मुर्दा आवाज़ में)* हम सब बेवक़ूफ़ हैं। हम सब चूहे हैं जिनसे ये ख़ूँख़ार बिल्लियाँ खेल रही हैं। मैं, तुम, सैद। सब चूहे हैं, बुज़दिल चूहे।

ग़फ़्फ़ार : *(कुछ न समझकर)* मैं तो ये नहीं सोचता।

ज़फ़र : *(बेचैन होकर)* चुप रहो ग़फ़्फ़ार । तुम मुझे पागल कर दोगे। ओह...

ग़फ़्फ़ार : *(निहायत सुकून से)* मैं ज़रा अम्माजान के पास जा रहा हूँ। तुम भी चलते हो?

ज़फ़र : *(परेशान-सा होकर)* तुम जाओ, मैं ज़रा देर में आऊँगा।

[ग़फ़्फ़ार जाता है जिसे ज़फ़र रहम की निगाहों से देखता है। थोड़ी देर सोचता है फिर उठ कर टहलना शुरू कर देता है, दो-तीन

---

1. स्पष्ट रूप से

कुर्सियों-मेज़ों से बेख़याली में ठोकर लगती है। कोने में पड़े शोकेस के पास जाकर तस्वीरें देखने लगता है। रफ़िया की तस्वीर को ग़ौर से देखता है।]

ज़फ़र : *(बड़बड़ाते हुए)* हूँ...ग़फ़्फ़ार रफ़िया की तस्वीर देखता है, मगर रफ़िया को नहीं। *(देर तक ग़ौर से कभी पास से कभी दूर से तस्वीर को उठाकर देखता है। आहिस्ता-आहिस्ता उसका सर तस्वीर की तरफ़ झुकता है। रफ़िया दबे पाँव दाख़िल होती है, उसकी पुश्त[1] से पंजों के बल खड़ी होकर देखती है, ज़फ़र तस्वीर से अपने होंठ लगा देता है।)*

रफ़िया : *(उसके कंधे पर हाथ रखकर)* देखा, पकड़े गए ना...! कहो अब?

[ज़फ़र एकदम मुड़कर उसे ग़ुस्से से घूरता है और जल्दी से तस्वीर पीठ के पीछे कर लेता है।]

रफ़िया : अब तो तुम्हें मुझे पढ़ाने के लिए आने में कोई ऐतिराज़ नहीं।

[ज़फ़र एक झटके से तस्वीर मेज़ पर रख कर आतिश-दान के पास बैठ जाता है।]

रफ़िया : *(उसकी ठोढ़ी छू कर)* बेचारा ज़फ़र बहाने किया करता था आज...

ज़फ़र : *(उसका हाथ झटक कर)* ऊँह! तुम वाक़ई साँप हो।

रफ़िया : और तुम छछूंदर, जिसे न मैं निगलती हूँ और न ही उगलती हूँ। मगर मैं कहती हूँ कि छछून्दर की दीदा-दिलेरी तो देखो, साँप के मुँह से लग रहा था।

ज़फ़र : भुगत तो रहा है छछून्दर अपने आमाल[2] की सज़ा।

[सैद कुछ भन्ना कर आता है और एक कुर्सी पर बैठ जाता है पीछे-पीछे ख़ालिदा कंधों को हल्की-सी जुंबिश देती हुई दाख़िल होती है।]

रफ़िया : आहा! एक और छछूंदर!

ज़फ़र : *(ख़ालिदा को देखकर)* एक और साँप भी।

ख़ालिदा : ज़फ़र तुमको किसने बताया कि सैद ने मुझको साँप कहा।

रफ़िया : किसी ने भी नहीं। इन्हें तो वही *(ईश्वरीय संदेश)* आते हैं। बेचारे को अभी-अभी शहादत का रुतबा मिला है।

ख़ालिदा : *(उदास होकर)* मैं समझती थी कि सैद ही इस क़दर शायराना बात

---

1. पीठ, 2. कर्मों

कह सकता है, पर अब मालूम हुआ कि ज़फ़र भी। ख़ैर सैद तुम कभी तो कोई नई बात निकाला करो जिससे मुझे फ़ख़्र करने का मौक़ा मिले।

[सैद मुँह बनाता रहता है।]

[रफ़िया ख़ालिदा के पास जाकर उसके कान में कुछ कहना चाहती है।]

ज़फ़र : *(बग़ावत करके)* ये कानाफूसी यहाँ नहीं होगी। *(रफ़िया को खींचकर)* तुम लोग चुपके-चुपके बातें नहीं कर सकतीं।

रफ़िया : ख़ल्लो! फिर बताऊँगी। अच्छा।

ख़ालिदा : ओह मैं *(सैद से आहिस्ता से)* बता दूँ सैद तुम्हारी शायरी?

सैद : *(अपनी जगह झूमकर)* भाड़ में जाओ तुम और तुम्हारी शायरी।

ख़ालिदा : रफ़ी *(सैद को देखती है)* मैंने इन्हें एक बात कहने के लिए बुलाया तो ये ख़ुद एक बहुत ज़रूरी बात कहने लगे। बोले *(प्यार से)* कह दूँ सैद?

सैद : *(पहली दफ़ा मुस्कुरा कर)* बेहया हो तुम दोनों।

ख़ालिदा : फिर उतर आए अपनी औक़ात पर। फिर तुमने मुझसे शादी की दरख़्वास्त क्यों की थी?

ज़फ़र : अच्छा?

रफ़िया : *(ख़ुशी से उछल कर)* और ख़ल्लो ये ज़फ़र इतनी देर यहाँ बैठे क्या करते रहे। देखना आँधी की वजह से सारी तस्वीरों पर गर्द जम गई थी। इन्होंने स..ब चाट कर साफ़ कर दी। *(अपनी तस्वीर उठा कर)* ये देखो किस क़दर चमक गई। ज़फ़र तुम चाहो तो इसे घर भी ले जा सकते हो। इत्मीनान से साफ़ कर लेना।

[ज़फ़र खिसियाना होकर मुस्कुराता है।]

रफ़िया : नहीं लेते। बस यही तो मुझे जहालत की बातें खलती हैं। अच्छा किसी दिन छुपा कर ले जाना। ये रखी है।

[ज़फ़र उठकर तस्वीर लेकर जेब में डाल लेता है।]

सैद : रफ़िया तो तुमने तय कर लिया कि ज़फ़र से शादी करोगी?

रफ़िया : हाँ, फ़िलहाल तो मैं ज़फ़र ही से कर रही हूँ।

ज़फ़र : *(बिगड़कर)* ये फ़िलहाल से तुम्हारा क्या मतलब! *(सैद से)* यार मैंने ऐसी लड़कियाँ ही कहीं नहीं देखीं। सुना करते हैं बड़ी सीधी-सादी होती हैं।

ख़ालिदा : ओहो जैसे तुमने देखी भी बहुत-सी लड़कियाँ हैं। ले दे कर हम

दोनों ज़रा ढंग के तुम्हें दिखाई दिए तो तुम हम पर ही पेश हो गए और सीधी-सादी लड़कियों को आजकल कौन पूछता है! पड़ी घरों में रोटियाँ पकाया करती हैं।

रफ़िया : और क्या सच बताओ तुम्हें वो 'गुड्डे' पसंद हैं।

ज़फ़र : *(मुस्कुरा कर सैद को देखते हुए)* तुमसे ग़नीमत ये होंगी।

ख़ालिदा : *(एकदम से)* लोगो ये तो बताओ जब रफ़िया ज़फ़र से शादी करेगी तो ग़फ़्फ़ार क्या करेगा?

रफ़िया : *(जल्दी से)* वो ख़ुदकुशी करेगा या हमेशा मेरे नाम पर कुँवारा बैठा रहेगा।

ज़फ़र : किस क़दर इतराती हो तुम।

ख़ालिदा : भई ये तो अजीब गडमड है। मेरे ख़याल से उसे कुल मुआमलात से आगाह कर दिया जाए। मैं उसे समझा दूँगी अभी बुलाती हूँ। *(उठती है)*

ज़फ़र : *(घबरा कर)* भई मैं जा रहा हूँ।

ख़ालिदा : नहीं, तुम्हें यहीं रहना चाहिए। वरना फिर पूरा मरहला तय न होगा।

सैद : हटो जी, सब वाहियात है। चलो जी, ज़फ़र ये दोनों फ़साद पर तुली हुई हैं।

रफ़िया : अगर तुम दोनों चले जाओगे तो भई में साफ़ मुकर जाऊँगी।

सैद : *(एकदम मुड़कर)* यानी?

रफ़िया : यानी ये कि तुम फिर मुझसे न कहना कि ग़फ़्फ़ार को धोखा दिया।

सैद : और तुम धोखा दोगी?

रफ़िया : और क्या, वरना तुम मत जाओ।

सैद : ख़ैर, इसमें भी तुम्हारी कोई चाल है *(बैठ जाता है) बैठो भई ज़फ़र।*

ख़ालिदा : तो मैं ग़फ़्फ़ार को बुलाने जाती हूँ। *(चली जाती है)*

सैद : ज़फ़र तुमने फ़ैसला कर ही लिया कि रफ़िया से शादी करोगे?

ज़फ़र : मैं शादी कर रहा हूँ कि रफ़िया मुझसे शादी कर रही है...

सैद : अमाँ वो एक ही बात है।

ज़फ़र : एक ही बात कैसे हुई। छछूंदर साँप को निगलती है या साँप छछूंदर को? अब तो ये साँप ही जाने कि वो छछूंदर को निगलेगा या यूँ ही चबाता रहेगा।

रफ़िया : बिलकुल ग़लत! साँप चबाता कब है, उसके दाँत ही नहीं होते।

ज़फ़र : तुम दाँतों वाला साँप हो।

[हाथ से साँप की शक्लो-सूरत बनाता है]

रफ़िया : देखो सैद, अब ये ज़फ़र ही बात निकाल रहे हैं।

[ख़ालिदा और ग़फ़्फ़ार आते हैं।]

ख़ालिदा : लो एक और छछूंदर।

रफ़िया : देखो ग़फ़्फ़ार , ज़फ़र मुझे साँप कह रहे हैं।

ग़फ़्फ़ार : *(बेवक़ूफ़ी से)* ये क्यों?

ज़फ़र : ये यूँ कि ये साँप है ही जो।

[लड़ने पर आमादा हो जाता है।]

ग़फ़्फ़ार : *(बैठकर)* ये ज़फ़र तुम्हारी ग़लती है।

ज़फ़र : *(जल कर)* और तुम्हारी बेवक़ूफ़ी। रफ़िया जिस शख़्स से शादी करेगी उस बदनसीब को छटी का दूध याद आ जाएगा, हम लोग अभी यही सोच रहे थे।

रफ़िया : *(बनावटी अफ़सोस से)* ओह! मुझे नहीं मालूम था कि मैं इस क़दर ख़ौफ़नाक हूँ।

ग़फ़्फ़ार : बिलकुल ग़लत। मैं तुम्हें ख़ौफ़नाक बिलकुल नहीं समझता। *(एकदम मौज़ू[1] के छिड़ जाने से घबराया हुआ-सा है।)*

रफ़िया : नहीं, मैं तुम्हारी ज़िंदगी बर्बाद नहीं करूँगी।

ग़फ़्फ़ार : *(ख़ुशी से)* बर्बाद नहीं, तुम मेरी ज़िंदगी आबाद करोगी।

रफ़िया : नहीं, मैं तुम्हें निगल जाऊँगी। साँप ही जो ठहरी!

ग़फ़्फ़ार : *(शिद्दते-जोश से काँप कर)* कैसी बातें करती हो! तुम मुझे निगल भी जाओ तो भी मेरे लिए ऐन राहत है।

ख़ालिदा : मगर अब तो रफ़िया ने फ़ैसला कर लिया।

ग़फ़्फ़ार : *(चौंक कर)* क्या फ़ैसला कर लिया?

ख़ालिदा : यही कि वो तुम्हें नहीं निगलेगी।

रफ़िया : हाँ, अब तो मैं ज़फ़र को निगलूँगी। ये है तो फिर यही सही।

[ज़फ़र परेशान होकर मुस्कुराता है।]

ग़फ़्फ़ार : *(समझ कर)* तो...तो तुम्हारा ये मतलब है कि मुझे ठुकरा रही हो।

रफ़िया : ऊँह! अब तुमने भी ग़लीज़ शायरी शुरू कर दी।

ग़फ़्फ़ार : *(परेशानी से उँगलियाँ चटख़ाकर)* और ज़फ़र तुम मुझे धोखा देते रहे।

ज़फ़र : ग़फ़्फ़ार बच्चे न बनो, ये फ़ितना तुम्हारे बस का नहीं था। शुक्र करो कि मेरे ऊपर बीती और तुम बच गए। तुम देखना, वो मेरी

---

1. विषय

गत बनाएगी कि तौबा ही भली।

ग़फ़्फ़ार : काश मेरी ही वो गत बन जाती!

ख़ालिदा : मगर ग़फ़्फ़ार सोचो तो...

ग़फ़्फ़ार : एक अरसे से ये बात बुज़ुर्गों ने तय कर दी थी।

ख़ालिदा : ये बात तो ठीक है कि आबाई हक़ तो तुम्हारा है। मगर यहाँ तो रफ़िया का मुआमला आन पड़ा है। वो एक ज़िद्दी है।

ग़फ़्फ़ार : *(दुखी होकर)* मैं...जा रहा हूँ...*(निहायत उदासी से)* रफ़िया ख़ुदा करे तुम ख़ुश रहो। *(खड़ा हो जाता है।)*

ज़फ़र : मुझे कोई दुआ नहीं देता। *(बड़बड़ा कर)* जैसे रफ़िया को बड़ी दुआओं की ज़रूरत है।

रफ़िया : *(ग़फ़्फ़ार के पास जाकर प्यार से)* ग़फ़्फ़ार तुम ग़ुस्सा तो नहीं हो?

ग़फ़्फ़ार : *(ग़ुस्से से)* नहीं।

रफ़िया : और दुखी...

ग़फ़्फ़ार : *(टूटते हुए)* न दुखी।

रफ़िया : *(एकदम उसका हसीन चेहरा हाथों में लेकर बड़ी मुहब्बत से देखती है)* तुम बड़े प्यारे हो ग़फ़्फ़ार , तुम नहीं जानते मुझे तुमसे कितनी मुहब्बत है।

सैद : *(ताना मारते हुए)* फिर फैलाया जाल।

रफ़िया : *(वैसे ही उसका चेहरा देखते हुए)* तुम कौन होते हो सैद बीच में बोलने वाले...*(ग़फ़्फ़ार से)* मैं तुम्हें बचपन से पसंद करती हूँ। बहुत ही पसंद करती हूँ!

[ज़फ़र हक्का-बक्का आँखें फाड़े देख रहा है।]

ग़फ़्फ़ार : *(उम्मीद भरी आवाज़ में)* रफ़िया!

रफ़िया : *(मुहब्बत भरी आवाज़ में)* हाँ!

ग़फ़्फ़ार : *(उसके बाज़ुओं पर हाथ फेरकर)* तुमने अभी कहा कि तुम मुझसे मुहब्बत करती हो।

रफ़िया : हाँ और हमेशा इसी तरह मुहब्बत करती रहूँगी *(उसका मुँह क़रीब करके)* तुम्हें याद है ग़फ़्फ़ार बचपन में मैं किस क़दर तुम्हारी शरारतें पसंद करती थी।

सैद : झूठी, ग़फ़्फ़ार ने कभी शरारत की ही नहीं।

ग़फ़्फ़ार : *(सैद की परवाह न करके जोश से)* तो फिर...तो फिर...रफ़िया!

रफ़िया : हाँ। फिर अब मैंने फ़ैसला कर लिया कि...ज़फ़र से शादी करने के बाद मैं फ़ौरन तुम्हें गोद ले लूँगी..क्यों ज़फ़र! *(ग़फ़्फ़ार का चेहरा*

झुका कर प्यार करना चाहती है।)

[ज़फ़र एक दबी हुई इत्मीनान की साँस लेता है और आराम-कुर्सी पर लेट जाता है]

ग़फ़्फ़ार : *(जिस्म में एक धक्का सा महसूस करता है और ख़ामोश दो क़दम पीछे हट जाता है)* साँप!!

[दूसरी निगाह डाले बग़ैर एकदम पहले दरवाज़े से निकल जाता है।]

रफ़िया : *(हैरत से मुस्कुराते हुए अपने ख़ाली हाथ देखती है)* अरे!

[ज़फ़र, सैद और ख़ालिदा भी हैरत से मुँह फाड़े बैठे हैं।]

ज़फ़र : *(घुटी हुई मुर्दा आवाज़ में)* साँप!!!

इंतिख़ाब

किरदार (पात्र...)

ख़ाला बी : *चालीस-पैंतालीस साल की अमीर बेवा। भारी-भरकम, अपनी उम्र से ज़्यादा जवान और ख़ूबसूरत नज़र आती हैं। बड़ी-बड़ी काली आँखों से संजीदगी और ग़रूर टपकता है। कनपटियों पर हलके-हलके सफ़ेद बालों की झलक पैदा हो गई है। छोटे से मुँह में अगले तीन नक़ली दाँत किसी तरह असली बत्तीसी से कम ख़ूबसूरत नहीं। चाल में एक दबदबा और ग़रूर है।*

शमीम : *ख़ाला बी की भांजी, ख़ालिस हिंदुस्तानी रंग और मामूली नैन-नक़्श, सीधी-सादी बच्ची। ख़ाला बी के दबाव में रहने वाली, कभी सीधे मुँह बात नहीं करती। लोग कहते हैं इसका मादा ख़राब रहता है, इसलिए इस क़दर चिड़चिड़ी और खिसियानी हुई रहती है, अल्लाह जाने!*

वाजिद : *शमीम से साल-डेढ़ साल बड़ा भाई। सीधा-सादा, जल्दबाज़।*

आलम : *वाजिद का बचपन का दोस्त, हम-उम्र और हम-जमाअत[1]। ज़रा क़द लंबा है। लेकिन ज़रा दुबला और मज़बूत जिस्म। नाक-नक़्शा बिलकुल आम इंसानों जैसा, बहुत बेतकल्लुफ़...*

नौकर : *बराए-नाम, आम नौकरों जैसी।*

स्टेज–*शमीम का कमरा और एक आम हिंदुस्तानी बरामदा जिसमें हस्बे-ज़रूरत[2] कुर्सियाँ वग़ैरा रखी हैं।*

ज़माना–*जो भी आपको पसंद हो।*

---

1. सहपाठी, 2. आवश्यकतानुसार

पहला सीन

[शाम का वक़्त, शमीम अपने कमरे में बैठी कुछ पढ़ रही है। एक दरवाज़ा पीठ के पीछे है और एक दाईं और एक बाईं तरफ़। बाईं तरफ़ का दरवाज़ा खुलता है और ख़ाला बी नज़र आती हैं। वो कुछ देर शमीम को मुंतज़िर नज़रों से देखती हैं और फिर अंदर आ जाती हैं।]

ख़ाला बी : ऐ शमीम! ये नहा-धो कर गीले बालों से अंदर आकर बैठ गईं। बाल भी न सुखाए...ज़रा बाहर ही निकलो। तौबा है!

शमीम : जी ख़ाला बी, अभी जाती हूँ।

ख़ाला बी : तो आख़िर इस क़दर शाम को नहाने का कौन-सा फ़ैशन निकला है। जब ज़रा-सी भी धूप नहीं रहती घर में तो बेगम ग़ुस्ल[1] करने चलती हैं। गीले बाल! ग़ज़ब ख़ुदा का, ज़रा-सी देर में सर्दी लग जाए तो।

शमीम : *(बालों में उँगलियों से कँघी करके)* सूख तो चले अब।

ख़ाला बी : ख़ाक सूख चले, ज़रा अपना डील-डौल देखो और ये लापरवाहियाँ।

शमीम : *(तंग आकर)* कह तो दिया कि अभी जाती हूँ बाहर।

ख़ाला बी : तुम जानो! मैं तो भई तुम्हारे ही भले की कहती हूँ। अपने पाले का सब ही को दर्द होता है। यूँ कहो कि मुहब्बत से मजबूर हूँ और तुम समझती हो कि...

शमीम : *(नसीहत के तूफ़ान से डर कर)* ये मैंने कब कहा *(जाने के लिए उठती है)* जा तो रही हूँ।

ख़ाला बी : अब क्या सर्दी में मरने को जाओगी? धरी है धूप तुम्हारे लिए इस वक़्त...अब बैठी हो तो बैठी रहो। नन्ही *(नौकर का नाम)* से कहती हूँ अँगीठी यहीं ले आए। *(दरवाज़े की तरफ़ मुड़कर)* नन्ही! ऐ नन्ही! कितनी दफ़ा कहा कि अल्लाह की बंदी मुँह से बोला करो कि बस चली आ रही हूँ। *(नन्ही की आवाज़ दरवाज़े के पास आती है और वो अंदर झाँकती है)* ज़रा लपक कर कोयले अँगीठी में डाल के तो ले आओ। हाँ...सुनो ज़रा वहीं दहका लाना। ये नहीं कि धुआँ फैले और वहाँ मेरी शाल अलगनी पर पढ़ी होगी, वो भी लेती आना। *(ख़ुद से)* मुई उँगलियाँ ऐंठी जाती हैं। क्या बला की सर्दी

1. स्नान।

है...और शमीम तुम कुछ पहने भी नहीं हो। क्या कुछ बर्फ़ कट रही है?

[शमीम ख़ामोशी से एक स्वेटर खूँटी पर से उतार कर पहनने लगती है।]

ख़ाला बी : बेटी मैं तो तुम्हारे ही भले को कहती हूँ... *(नन्ही को आता देखकर)* ऐ बस आ भी चुको बन्नो बेगम कि बस चल रही हैं दिल की चाल *(नन्ही अँगीठी लाकर रख देती है)* ज़रा इधर सरकाओ। क्या सूज़नी चलाओगी? ओई...ए ज़रा इधर...मैं कहती हूँ *(ख़ुद दुपट्टे से पकड़ कर सरकाती हैं)* दिल जलाने से बेहतर है इंसान हाथ जला ले...लो शम्मो, ज़रा सरक कर बैठो। *(नन्ही से)* हाँ...ऐ बी मेरा मुँह क्या खड़ी तक रही हो *(शम्मो से)*...हाँ तो तुम्हारे ही भले के लिए कहती हूँ। तुम समझती हो मेरा भी कुछ फ़ायदा है।

शमीम : *(दुखी-सी होकर)* जी नहीं तो।

ख़ाला बी : वाजिद और तुम...दोनों ही मेरी ज़िंदगी का आसरा हो। मेरा जो कुछ है तुम्हारे ही लिए है। तुम लोगों के अलावा और कौन बैठा है मेरा...तुम समझती होगी मैं तुम्हारी दुश्मन हूँ।

शमीम : आप तो यूँ ही कह देती हैं।

ख़ाला बी : तो फिर क्या तुम मुझे अपना हमदर्द समझती हो? अगर ऐसा है तो फिर भूल-भूल क्यों जाती हो। जो बात मैं कहती हूँ, वो...।

शमीम : क्या भूल जाती हूँ?

ख़ाला बी : यही कि मैंने तुम्हें कितनी दफ़ा कहा कि भई आलम को मना कर दो...।

शमीम : *(कुछ बुरा मान कर)* क्या ख़ाम-ख़ाह?

ख़ाला बी : यही कि वो यहाँ...न आया करे...अब...तुम जानती हो कि...

शमीम : *(कुछ न समझते हुए)* ऐं?

ख़ाला बी : अब तुम कोई नन्हा बच्चा नहीं, जो कुछ न समझो। मैं कहती हूँ वो आख़िर क्यों आता है यहाँ?

शमीम : *(रुआँसी होकर)* तो ख़ाला बी क्या मैं बुलाती हूँ उसे?

ख़ाला बी : तो मना कर दो!

शमीम : मना कर दूँ...वो माने भी। जब मैं उसे कहती हूँ तो कह देता है तुम्हारा घर नहीं है। तुम ख़ुद निकल जाओ यहाँ से...आप क्यों मना नहीं करतीं?

ख़ाला बी : तुम उसे अपने कमरे में तो न आने दो। न तुम मुँह लगाओगी और

न वो आएगा।

शमीम : *(चिढ़कर)* मैं कब मुँह लगाती हूँ उसे...वो वाजिद का दोस्त है। बरसों से आता ही है और मुझे तो आप देखती ही हैं परेशान ही करता है। मैं तो ख़ुदा से चाहती हूँ कि वो न आए।

ख़ाला बी : कुछ भी हो, उसका इस तरह से घुस-घुस कर आना अच्छा नहीं। लोग न जाने क्या-क्या कहने लगते हैं।

शमीम : क्या-क्या?

ख़ाला बी : हाँ, जितने मुँह उतनी बातें। और बेटी कोई किसी का मुँह थोड़े ही बंद कर देता है।

शमीम : क्या कहेंगे लोग? वो हमेशा से जब से बिलकुल छोटा-सा था, हमारे यहाँ आता है।

ख़ाला बी : अब तुम तो...बस बच्चा बनी जाती हो। जब की और बात थी बेटी!

शमीम : क्या बात थी जब की?

ख़ाला बी : यही कि भई खाते-पीते घर का लड़का है। किसी दिन अच्छी-ख़ासी जगह लग जाएगा और अब...

शमीम : *(चेहरे पर शिकनें डाल कर)* अब क्या हो गया?

ख़ाला बी : अब ये बात है कि उसके अब्बा मुक़दमे हार गए। मकान अलग...

शमीम : फिर इससे क्या होता है?

ख़ाला बी : *(दबी ज़बान में)* फिर बस यही होता है कि कौड़ी-कौड़ी को मोहताज हैं...और क्या?

शमीम : तो हम क्या करें?...वो कोई हमारे सर पर आन नहीं पड़ा...अपना खाता है। हमें क्या!

ख़ाला बी : अए-हए तुम तो बस दीवानी हो। बेटी अब और बात है...भई...ऊँह लोग ख़ाम-ख़ाह बातें बनाना शुरू कर देंगे। वैसे तुम्हारे ख़ालू का इरादा था कि हाँ भई किसी लायक़ हो गया तो देखा जाएगा...मगर अब तो...भई लोग क्या जानें...वो समझेंगे कि वो अब भी उसी ख़याल से आता है।

शमीम : *(जलकर)* ऊँह आता है। वो क्यों आता है? अजी हाँ!

ख़ाला बी : हाँ-हाँ। मगर लोग क्या जानें कि अब हमारा इरादा रिश्ता करने का नहीं। ख़ाम-ख़ाह पैग़ाम आने बंद हो जाते हैं कि भई अब तो एक जगह तय ही हो गई। तुम क्या जानो दुनिया की बातों को!

शमीम : *(संजीदगी से)* अच्छा... *(आलम को दाहिने दरवाज़े से झाँकता देख कर घबराती है। वो जल्दी से भाग जाता है)* अच्छा...ख़ाला बी...मैं...मैं...हाँ...हाँ...

ख़ाला बी : *(ख़ुश होकर)* हाँ बेटी तुम समझदार हो...और तुम्हारे ही भले की कहती हूँ। ज़रा बाल सुखा लो तो बाहर आओ...मैं ज़रा खाने-वाने का इंतिज़ाम करूँ जा के *(भुलाने को)* कब तक खुल रहा है स्कूल तुम्हारा? कुछ कपड़े वग़ैरा भी ठीक किए हैं या यूँ ही! साड़ियाँ तो कलकत्ता से मँगवा लो, ग़नी को जम्पर दे दो...आज आया था। तुम सो रही थीं। पूरे साल का इंतिज़ाम कर लो...अए हाँ, बीच में तो ज़रूरत न पड़े तुम्हारा ही फ़ायदा है। *(जाती हैं)*

आलम : *(अकड़ते हुए दूसरे दरवाज़े से दाख़िल होकर)* फ़ायदा...फ़ायदा, बस हर वक़्त फ़ायदा। जब देखो फ़ायदा। ऊँह! बनिये की-सी रूह पाई है, क़सम ख़ुदा की!

[शमीम उसे देखकर त्यौरियाँ चढ़ाती है।]

आलम : कहाँ गया वो जिन?

शमीम : मैच देखने।

आलम : मैच देखने! और हमें लाइब्रेरी में बिठा गया पढ़ने को कि इम्तिहान आ रहे हैं। क़सम ख़ुदा की!

शमीम : *(जल्दी बात ख़त्म करने को)* तो क्या हुआ जो आज पढ़ लिया। अब चले जाओ मैच देखने।

आलम : अब चले जाओ। हूँह! जैसे मेरे लिए रात भर मैच होता रहेगा। आख़िर इस पाजी को हक़ क्या है कि ख़ुद तो जाए मैच देखने और हमें पढ़वाए तीन घंटे...*(तीन उँगलियाँ हिला कर)* ख़ुदा की क़सम तीन घण्टे जुत के...लगातार! सोचो ज़रा...तीन...इतनी देर में न जाने कितने मैच देखे जा सकते हैं।

शमीम : *(टालने को)* तो अब वाजिद से लड़ना...मेरा दिमाग़ तो न चाटो, जाओ।

आलम : *(खड़े ही खड़े)* दिमाग़! ऊँह, गोया आपके भी है...ख़ूब! ख़ाली हँडिया भला मैं क्या चाटूँगा!

शमीम : *(बहाना पाकर)* होगा। ख़ैर जाओ। मैं इस वक़्त... *(किताब पढ़ने लगती है)* फ़िज़ूल बकवास!

आलम : फ़िज़ूल...और बकवास...दो लफ़्ज़ बदतमीज़ी के *(किताब छीन कर फेंकते हुए)* हम तीन घंटे पढ़ कर आ रहे हैं। किताब देख कर जी

मतला रहा है। बस...

शमीम : *(ग़ुस्से से)* भई हो चुकी बदमज़ाक़ी...हर वक़्त यही...ख़ैर जाओ यहाँ से *(किताब उठा कर झाड़ती है)* जाओ ना!

आलम : ज़रूर! *(बैठ जाता है)* तुम कौन हो भेजने वाली।

शमीम : *(ग़रूर से बड़बड़ा कर)* न जाओ मेरी बला से।

आलम : बला से! तुम ख़ुद बला हो...हूँह! जैसे बड़ी...

[शमीम मज़ाक़ बढ़ाना नहीं चाहती, लिहाज़ा चुपचाप हथेली पर ठोढी रखकर बैठ कर पढ़ने लगती है।]

आलम : ख़ैर भई पढ़ो।

[उठ कर उसके पीछे पड़ी अलमारी में रखी किताबें देखने लगता है। टेढ़ी आँखों से उसे देखता जाता है। क़रीब आकर आहिस्ता से उसका एक बाल खींचता है। शमीम सिर्फ़ सर खुजाती है। थोड़ी देर बाद आलम फिर एक बाल तोड़ता है। वो बाल समेट कर जूड़ा बाँध लेती है। आलम एक सिगरेट सुलगाता है। बुझी हुई माचिस की तीली उसकी उँगली से लगा देता है। शमीम उछल पड़ती है और मुड़ कर उसे घूरती है। आलम बेतअल्लुक़ी से अनजान चेहरा बनाए किताबों को घूरता रहता है।]

शमीम : बेहूदा कहीं के। मैं ख़ाला बी से कह दूँगी। बेहया कहीं के...मैं घंटे भर से कह रही हूँ जाओ-जाओ, सुनते ही नहीं। कोई और होता तो कभी न आता फिर इस कमरे में।

आलम : बदतमीज़ तुम ख़ुद और बेहया परले दर्जे की। बस, कोई और होता तो पकड़ के तुम्हें ठोंकता बुरी तरह। कोई तुम्हारे यहाँ आए और तुम थूथनी सुजा के बैठ जाओ।

शमीम : मैं कहती हूँ जब किसी के यहाँ कमबख़्त ज़रूरत ही न हो तो फिर कोई क्यों आए। लानत है।

आलम : लानत ख़ुद तुम्हारे मुँह पर। पढ़ना ख़ाक नहीं आता ले के बैठी हैं टॉलस्टाय।

शमीम : अंधे! ये टॉलस्टाय है? *(दिखाकर)* हारडी है।

आलम : वो हारडी हो या फ़ारडी, तुम्हारे बस का रोग नहीं। क्यों दिमाग़ खपा रही हो...इससे बेहतर है कि जाकर रोटी पकाना सीखो, जो किसी काम भी आए।

शमीम : रोटी पकाना सीखो तुम, जिसे बावर्ची-गीरी करनी हो।

आलम : यही तो ख़राबी है पढ़ी-लिखी लड़कियों में कि घर के काम-काज

से नफ़रत करने लगती हैं।

शमीम : *(बेपरवाही से)* होने दो ख़राबी, तुम्हारी बला से।

आलम : लेकिन फिर भी अगर पकाना पड़े तो क्या करो तुम?

शमीम : क्यों पकाना पड़े। ख़ुदा न करे, तुम्हें भीख माँगनी पड़े तो...?

आलम : किसी वक़्त न हो नौकर तो कौन पकाये?

शमीम : तुम पकाओ और कौन? जाओ यहाँ से, बक-बक न करो। वरना कहती हूँ ख़ाला बी से।

आलम : कह दो, हज़ार दफ़ा कह दो...नहीं जाते।

[पीछे दरवाज़े से वाजिद आता है।]

वाजिद : *(आकर बग़ैर सोचे-समझे)* हाँ नहीं जाते, क्यों जाएँ?

आलम : *(शेर होकर)* क्यों जाएँ? बेशक!

शमीम : तुम्हारे तो अच्छे भी जाएँगे मेरे कमरे से!

वाजिद : क़तई नहीं, बैठ जाओ आलम, लो *(बैठकर)* नहीं जाते, कर लो कुछ।

आलम : *(फ़ौरन नक़ल करके)* हाँ कर लो कुछ।

शमीम : तुम न जाओ। मैं ख़ुद जाती हूँ। *(जाने लगती है)*

वाजिद : न, न, तुम भी नहीं जा सकतीं। लेना आलम इसे...

[शमीम जल्दी से भाग जाती है लेकिन दोनों बच्चों की तरह उसे पकड़ कर ले आते हैं। एक-एक बाज़ू दोनों पकड़े लेफ़्ट-राइट करते आते हैं। शमीम कुछ चिढ़ कर हँस रही है, कुछ वापिस जाने की फ़िक्र कर रही है।]

शमीम : छोड़ो भाई!

[दोनों उसे चौकी पर बिठा कर दोनों तरफ़ से चिपक कर बैठ जाते हैं।]

वाजिद : हूँ, अब बोलो।

आलम : हाँ अब बोलो। चलीं भाग के समझी थीं हम तो मर ही गए हैं।

शमीम : भई क्या बदतमीज़ी है! *(गिरफ़्त से निकल जाती है)* *(दोनों पकड़ लेते हैं)* चलीं कहाँ?

शमीम : *(थम कर)* छोड़ो तो...कहीं नहीं...भई जा नहीं रही हूँ...यहीं बैठूँगी कुर्सी पर।

वाजिद : अच्छा लो...छोड़ दो आलम...हाँ बात क्या थी?

[वो ज़रा हिलती है, दोनों उसे एकदम दबोच लेते हैं।]

शमीम : भई ख़ुदा की क़सम मैं रो दूँगी। *(किताब उठाकर)* अब के जो तुमने छुआ तो मार दूँगी और अब आओ *(आलम और वाजिद किताब*

को डर कर देखते हैं और एक दूसरे के क़रीब फ़रमाँ-बरदार[1] बच्चों की तरह बैठ जाते हैं।)

शमीम : बात ये थी...

आलम : नहीं...बात दरअसल ये थी...

शमीम : क़तई नहीं...यूँ हुआ कि...

आलम : हुआ ही नहीं...क़तई नहीं *(शमीम उसे बोलने का मौक़ा देती है)* ये हुआ क्या हुआ...शमीम बताओ ना, ले के सारा भुला दिया...ऊँह!

शमीम : हुआ कुछ भी नहीं।

वाजिद : हैं...क्या उल्लूपन है, आख़िर जब कुछ हुआ ही नहीं तो फिर तुम्हें क्या हक़ जो आलम को कमरे से निकाल रही हो।

आलम : *(भीगी बिल्ली की तरह)* तुम्हीं देखो अब।

शमीम : भई बात ये थी कि मैंने कहा मेरे कमरे में से जाओ।

वाजिद : क्यों साहब, क्यों जाओ...यानी बात कुछ भी नहीं और जाओ...*(हाथ चला कर)* क्यों?

शमीम : भई मेरी मर्ज़ी, मैं नहीं चाहती।

आलम : *(ज़ोर से क़हक़हा लगाकर)* ज़रा इनकी सुनना...'नहीं चाहती' जैसे इन्हें चाहने और न चाहने का हक़ भी है कुछ, अरे ये कैसे?

वाजिद : हाँ, ये कैसे?

शमीम : भई मैं नहीं पसंद करती।

आलम : पसंद...लो...*(कंधे से ठोका देकर)* अब लो, अब तक तो चाहा ही करती थीं। अब पसंद करने भी चलीं। ये कैसे?...भाई तुम तो बस जो ख़ाला बी कहती थीं और चाहती थीं वही करती थीं, अब ये स्वराज कैसे मिल गया?

शमीम : वाह...ये क्यों...वाह...ओहो!

आलम : अब हकलाने से क्या होता है, क्या मालूम नहीं है...हक़ीक़त तुम्हारी...क्यों वाजिद! हम इन्हें ग़ुलाम कहते हैं ना?

वाजिद : बेशक।

शमीम : क्यों आख़िर?

वाजिद : ऐसे ही।

शमीम : तुम ख़ुद कमीने, ग़ुलाम, बदतमीज़, कमबख़्त, बस अब हुए ठीक!

आलम : और कुछ, और कहो, भला फूल से झड़ रहे हैं। बस, मेरा बस चले तो ऐसी छोकरियों की ज़बान काट लूँ। क़सम ख़ुदा की!

---

1. आज्ञाकारी

शमीम : तुम्हारा बस चलने ही क्यों लगा था। ख़ुदा गंजे को नाख़ून ही नहीं देगा।

आलम : ये हैं तो लंबे-लंबे दाँतों जैसे *(उसकी उँगलियाँ, जिन पर नाख़ून-पॉलिश लगी है, पकड़ कर)* ये देखो, क्यों वाजिद!

शमीम : *(ग़ुस्से से किताब मारकर)* हटाओ हाथ, बदतमीज़...मैं कहती हूँ बेहतर है चले जाओ यहाँ से।

वाजिद : क्यों...ओं? आख़िर वजह भी तो हो कुछ या यूँ ही। और तुम जो आईं हमारे कमरे में तो फिर हम भी निकालेंगे और मार के निकालेंगे, फिर न कहना।

आलम : हाँ आओ तुम ज़रा बाहर, देखो कैसा ठीक बनाते हैं और अब के आ जाएँ तुम्हारे मिस शाह। यार वाजिद, मेरे सिगरेट चुरा-चुरा कर ले जाती है, क्लिचड़ी!

वाजिद : *(चिढ़ाते हुए)* और वो कौन हैं...मिस...मिस फटीचर-सी...उनसे हमारी शादी करा दो, सुना!

शमीम : *(रुआँसी होकर)* भई मैं ख़ाला बी से कहती हूँ जाकर कि मुझे सम्भल भेज दो, हाँ नहीं तो अब के बोर्डिंग में रहूँगी।

वाजिद : फिर बात क्या है? आलम *(आँख मार कर)* तुम जाओ ज़रा, हमें बतायेगी शम्मो *(उसके गले में बाँहें डालकर)* हाँ, हमारी तो बहन है, क्यों?

आलम : ख़ैर...अच्छा! *(जाता है)*

शमीम : *(उठकर उचक-उचक कर गेलरी की तरफ़ देखते हुए, गया कि नहीं)* मैं...ये बात थी, ख़ाला बी ने कहा *(फिर देखती है)*...वो...

वाजिद : क्या वाक़ई कोई बात है? अरे बुलाओ आलम, उससे कोई बात छुप सकती है...।

शमीम : नहीं *(रोककर)* उसे न बुलाओ, सुनो तो!

वाजिद : कहो भी, कह भी चुको। फिर बता तो दूँगा ही।

शमीम : ख़ाला बी कहती हैं वो हमारे यहाँ न आए।

वाजिद : क्यों न आए? वो मेरा दोस्त है। मैं जहाँ जा सकता हूँ वो भी जा सकता है। वजह क्या?

शमीम : वो कहती हैं कि उसका बाप मुक़दमा हार गया और जाने क्या-क्या...भई मुझे नहीं मालूम!

वाजिद : अरे मुक़दमा हारे बाप और आना बंद हो आलम का। वो मुक़दमा ही हारने वाला था। फिर भला आलम से...

शमीम : जाने क्या, भई वो कहती हैं कि आलम न आए।

वाजिद : आख़िर क्यों?

शमीम : वो कहती हैं कि लोग न जाने क्या कहेंगे।

वाजिद : क्या कहेंगे कि वो क्यों आता है, कहने दो।

शमीम : हाँ, वो कहती हैं कि लोग बातें बनाएँगे।

वाजिद : *(कुछ सोच कर)* क्या यही कहेंगे कि वो यहाँ तुमसे...तुम्हारे लिए...

शमीम : *(चिढ़कर)* भई मैं कब कह रही हूँ? वाह!

वाजिद : *(बिगड़ कर)* क्या समझा है तुमने मेरे दोस्तों को! कोई वो ग़ुंडे हैं? क्या क़िस्सा है?...मुआफ़ कीजिएगा, मेरे दोस्त लफ़ंगे नहीं। वो क़तई तुम्हारे...वो मेरे दोस्त हैं न कि आपके...आप...

शमीम : *(क़रीब-क़रीब रोकर)* भई...उलटा मुझी से लड़ने लगे...ये भी कोई बात है!

वाजिद : ख़ूब! मैं अभी कहता हूँ ज़रूर आएगा आलम। ज़रूर...ऐसे ही आएगा, समझीं! *(पुकार कर)* आलम!...अरे आलम!!...

शमीम : ख़ुदा के लिए उससे तो न कहो।

वाजिद : क्यों न कहूँ! मैंने आज तक उससे कोई बात छुपाई नहीं...आलम! *(उठकर दरवाज़े में से झाँकता है)* अरे कहाँ गया? शायद...*(संजीदा हो जाता है)*

शमीम : *(उदासी से)* हाँ, मुझे भी आहट मालूम हुई थी...शायद वो सुन रहा था।

वाजिद : *(ग़ुस्से से)* ये बहुत...ये हद है। मैं अपने दोस्तों की इस क़िस्म की बेइज़्ज़ती बरदाश्त नहीं कर सकता। मैं आज ही बोर्डिंग चला जाऊँगा...फ़ौरन...क्या समझा है!

शमीम : तुम तो ऐसे ग़ुस्से हो रहे हो गोया मैंने ही कुछ कहा हो।

वाजिद : मैं ये ज़िल्लत बरदाश्त नहीं कर सकता...इंतिहा है...इस क़िस्म की बातें...मैं आज ही...

आलम : *(पीछे की खिड़की से)* अरे...भई हो चुकीं प्राइवेट बातें...? आ जाएँ अब?

वाजिद : *(एकदम घूम कर)* आलम...अरे आओ...ये देखो...अभी...

आलम : *(आकर कुर्सी पर ठाठ से लेटते हुए)* क्या कर रही थी मेरी बुराइयाँ ये शमीम!...यार वाजिद! ये बहुत ही सर चढ़ती जा रही है...

वाजिद : हम समझे तुम हमारी बातें सुन रहे थे। आलम सच बताओ, तुम यहाँ क्यों आते हो...क्या सिर्फ़...

आलम : सिर्फ़ इससे बातें करने कौन बेवक़ूफ़ आ सकता है। इसे सिवाय ज़बान-दराज़ी के और क्या बातें आती हैं।

वाजिद : फिर?

आलम : फिर क्या? कैसा भद्दा सवाल है। अरे भई हम आते हैं यहाँ बाजरे की खिचड़ी खाने, दाल भरी रोटियाँ खाने, केरम खेलने और शलग़म का अचार खाने और हाँ *(एकदम से)* यार बहुत दिन से अचार ही नहीं बना...कल बाजरे की खिचड़ी के साथ रहे, क्यों?

वाजिद : *(ख़ुशी से)* तो फिर तुम इसके पास तो नहीं आते?...सिर्फ़ इससे बातें करने औ...

आलम : महा-बेवक़ूफ़ हो तुम! इनकी खोपड़ी में है ही क्या। सिवाय साड़ी जम्पर और लिपस्टिक के।

शमीम : कुछ हो हमारी खोपड़ी में...जी हाँ...गोया बड़े वो...

आलम : कुछ ही क्या गूदड़ है...

शमीम : अब देखो वाजिद मेरी कोई सहेली कभी तुमसे इस क़दर बदतमीज़ी करती है, जो यही...

आलम : कर सकती है बदतमीज़ी, तुम्हारी कोई पाजी सहेली? ठोकें न हम उसे डंडों से! सर फाड़ दें, क्यों...वाजिद...यार सच कहता हूँ...हिदा को तो एक दिन पीटना ही पड़ेगा हमें।

वाजिद : और क्या, मगर सुनो तो ख़ाला बी कहती हैं...

शमीम : क्या है वाजिद, फिर तुम...

वाजिद : कुछ नहीं हम ज़रूर बताएँगे एक-एक बात *(आलम से)* हम समझे तुम हमारी बातें सुन रहे थे।

आलम : *(बेपरवाही से)* सुन ही जो रहे थे।

वाजिद : अरे...फिर...तुम, हम समझे ग़ुस्सा होकर चले गए।

आलम : ग़ुस्सा होकर, ये क्यों? ख़ाला बी जैसे तुम्हारी बुज़ुर्ग हैं वैसे ही मेरी। वो मुझे कितना ही दुत्कारें, परवाह नहीं। एक दरवाज़े से वो निकालें, दूसरे से वापिस आ जाऊँ, यही करता हूँ। अभी उनसे शमीम के कमरे में कभी न आने का वादा करके बाहर से घूम कर आ गया...*(ज़ोर से हँसता है)* और क्या! ख़ुदा की क़सम, और क्या! *(वाजिद ख़ुशी से मुस्कुराता है और शमीम भी अपनी हँसी दबाने की कोशिश करती है।)*

दूसरा सीन

[शाम का वक़्त, बरामदे में ख़ाला बी चौकियों के फ़र्श पर बैठी छालिया कतर रही हैं। आलम औंधा एक कुशन पर कोहनियाँ टिकाए बिच्छू के डंक की तरह टाँगे ऊपर को उठाए है। वो सिर्फ़ सफ़ेद क़मीज़ और पतलून पहने है। छालिया की टोकरी में से दाने चुन-चुन कर खा रहा है।]

ख़ाला बी : कब खुलेगा तुम्हारा कॉलिज?

आलम : यही कोई पंद्रह तक खुल जाएगा। सोच-सोच कर ख़ून ख़ुश्क हो रहा है कि ख़त्म हो गईं छुट्टियाँ!

ख़ाला बी : ओई, ख़ैर इतने बड़े हो गए, पढ़ने से दम निकलता है।

आलम : क्या करूँ ख़ाला बी! मज़दूर आदमी हूँ मज़दूर, जितनी चाहो मेहनत ले लो। दिमाग़ी मेहनत नहीं की जाती। अब्बा इम्तिहान ज़बरदस्ती दिलवा रहे हैं। खोपड़ी बिलकुल ख़ाली है। नजूमी *(ज्योतिषी)* ने बताया था लड़ाई में काम आओगे। इल्म तुम्हारी क़िस्मत ही में नहीं।

ख़ाला बी : अए हटो, इन नजूमियों का क्या है, झूठे निगोड़े!

आलम : नहीं ख़ाला बी, झूठ नहीं। बाज़ वक़्त *(कई बार)* तो ये पते की बात बता जाते हैं। मेरे दोस्त को ठीक बताया।

ख़ाला बी : *(कुछ सोचते हुए मगर टाल कर)* अए हटो भी।

आलम : मज़ाक़ से नहीं ख़ाला बी। उनकी कई बातें बिलकुल ठीक बैठती हैं।

ख़ाला बी : *(सरोता दूसरे हाथ में लेकर अपना हाथ देखते हुए)* भला कैसे बता देते हैं ये लोग?

आलम : *(हाथ की लकीरें देखकर)* लाइए मैं देखूँ।

[हाथ पकड़ कर ग़ौर से देखता है। ख़ाला बी अजीब नज़रों से साँस रोके उसके चेहरे को तकती रहीं।]

आलम : हूँ...आ...ये...हूँ ठीक...अच्छा।

ख़ाला बी : *(इंतिज़ार से थक कर)* अरे ख़ाक पता चलता होगा लकीरों से।

आलम : चलता क्यों नहीं? ये देखिए!...आँ...

ख़ाला बी : अए फिर बताओ भी कुछ।

आलम : *(उँगली से लकीरों पर निशान बना कर)* रुपया! बहुत...।

ख़ाला बी : क्या नई बात बताई...मगर वो अब मैंने बच्चों के नाम कर दिया।

आलम : हूँ, मगर चैन नहीं। सकूने-क़ल्ब मयस्सर नहीं।

ख़ाला बी : *(चेहरे का रंग बदलता है)* हूँ और...

आलम : बहुत, अए बहुत कमज़ोर दिल, तकलीफ़...

ख़ाला बी : *(ठंडी साँस लेकर)* दिल तो बहुत दिन से कमज़ोर हो गया है।

आलम : और...शाइराना...ख़ाब...तख़य्युल *(कल्पना-शक्ति)* बुलंद।

ख़ाला बी : *(लड़कियों की तरह हँसकर)* अरे!

आलम : *(देखते हुए)* क्यों?

ख़ाला बी : अए यही बुलंद तख़य्युल...नज़्मनुमा नस्र *(पद्यात्मक-गद्य)* लिखने का बहुत शौक़ था। छपी भी दो-एक जगह अख़बारों में वो तो कहो अब घर के झगड़ों से फ़ुरसत नहीं मिलती और कुछ ढंग की बात बताओ तो जानें।

आलम : जी...और...उलझन...परेशान दिमाग़, बिलकुल फ़िलास्फ़रों का-सा, ख़यालात की भरमार।

ख़ाला बी : *(दर्द भरी मुस्कान से)* और?

आलम : और *(एकदम झट से)* दो बच्चे, नहीं तीन।

ख़ाला बी : *(शर्मा कर हाथ खेंचते हुए)* हट पागल!

आलम : क्यों क्या हुआ? आप शादी करें तो...*(हँस कर)* अच्छा लाइए, देखने तो दीजिए। *(हाथ पकड़ लेता है)*

ख़ाला बी : तो ढंग की बातें बताओ ना।

आलम : आप देखने भी दें...और फिर आप कहेंगी, 'हट पागल।'

ख़ाला बी : अए तो फिर...ये भी कोई बात है!

आलम : अच्छा, हूँ *(ग़ौर से देखकर)* नाकामी, पहली मुहब्बत में नाकामी!

[ख़ाला बी ऐसे नज़रें ज़मीन में गाड़ देती हैं जैसे पकड़ी गई हों]

ख़ाला बी : बयालीसवाँ साल लगा था पिछले रजब *(रजब इस्लामी सातवें महीने को कहते हैं।)*

आलम : *(बनाने के लिए)* हैं, मगर, मगर मैं आपको हमेशा तीस बरस का समझता था। बल्कि इससे भी कम...यानी आप शमीम की बड़ी बहन मालूम होती हैं। भई ख़ुदा की क़सम! तअज्जुब!

ख़ाला बी : सब यही कहते हैं...बकते हैं *(कुछ दिलचस्प बातें मालूम करने के लिए)* और कुछ?

आलम : भई आप मारेंगी फिर।

ख़ाला बी : क्या?...क्या बात है? कहो तो।

आलम : शादी...बहुत जल्द...।

ख़ाला बी : *(शर्म से गुलाबी होकर)* ऊँह, अए हट लड़के!

आलम : मुझे क्या मालूम! भई हाथ कहता है। दिल का हाल किसे मालूम? और ख़ाला बी हाथ झूठ नहीं कहता...हाँ... *(ज़ोर-ज़ोर से हँसता है। ख़ाला बी मुस्कुराती हैं।)* भई ख़ूब...

शमीम : *(आकर)* ख़ाला बी! धोबन मेरी नीली शलवार सारी फाड़ लाई। ये भी कोई बात है!

ख़ाला बी : *(ग़ैर-शाइराना मौज़ू से चिढ़कर)* अए तुमने ही फटी हुई दी होगी।

आलम : लाओ तुम्हारा हाथ भी देख दूँ शमीम!

शमीम : नहीं भई रहने दो। *(ख़ाला बी से)* बिलकुल साबुत दी थी और अब सारे पाइँचे ग़ायब।

आलम : *(शमीम का हाथ पकड़कर जो बेख़बर बातें कर रही है)* अए हए बस पीट चुकीं शलवार की जान को। इधर तो सुनो। ज़रा ये देखो...ये...।

शमीम : *(हाथ खींचकर)* छोड़ो भई। मैं नहीं दिखाती।

ख़ाला बी : क्या हरज है, कोई खा जाएगा तुम्हारा हाथ, दिखा दो ना!

शमीम : *(हाथ ढीला करके)* ऊँह, भई मुझे नहीं अच्छा लगता। मुझे काम अलग है...।

आलम : *(ग़ौर से हाथ देखकर)* ग़रीबी...परेशानी...ज़िल्लत...डाँटें...

शमीम : सब झूठ! लगे बातें बनाने...सब झूठ!

आलम : झूठ? अरे ये देखो। ये दिन-रात की जूतियाँ, मियाँ की अलग *(हाथ खींचती है)* और सुनो...जवान मौत...उफ़!

शमीम : होने दो भई। छोड़ो *(हाथ खींचती है।)*...

आलम : और...इम्तिहान में फ़ेल...और रुपए का नुक़सान...दुश्मन घात में...

शमीम : तुम ख़ुद फ़ेल हो जाओ ख़ुदा करे हटो!

आलम : ठहरो अभी... *(हाथ इस तरह मोड़ता है कि शमीम रोने पर आ जाती है)* और...औ...फ़्फ़ो...ह!

शमीम : हूँ...झूठ!

आलम : क्या झूठ? एक-एक बात ठीक और ये ये...तेरह ग़ज़ब ख़ुदा का! तौबा! अल्लाह!

ख़ाला बी : क्या तेरह?

आलम : अजी बच्चे...एकदम तेरह। ख़ुदा की क़...स...म, तेरह बच्चे!

शमीम : *(ज़ोर से हाथ छुड़ा कर)* बदतमीज़...ज़माने भर के *(उठ कर*

बड़बड़ाती हुई चली जाती है।)

आलम : अरे...सुनो तो!...और तो सुनती जाओ।

ख़ाला बी : बड़ी बद-मिज़ाज होती जा रही है।

आलम : बड़ी साहब, इंतिहा है। *(उठता है)* हद है और आप डाँटती भी नहीं इसे *(जाने लगता है)...*

ख़ाला बी : कहाँ चले?

आलम : ज़रा किताबें लेनी हैं। शमीम के कमरे में भूल गया था उस दिन। *(चला जाता है, ख़ाला बी नफ़रत और ग़ुस्से से उसे जाता देखती हैं और ज़ोर-ज़ोर से छालियाँ कुतरती हैं। हल्की-सी रक़ाबत[1] और नफ़रत की मिली-जुली झलक-सी चेहरे पर नज़र आती है। डली का एक बड़ा-सा टुकड़ा एक पुरमानी[2] खटाके से काटती हैं गोया वो मारा दुश्मन को)*

तीसरा सीन

[उसी ख़ाला बी वाले बरामदे में ख़ाला बी पानदान खोले उसे साफ़ कर रही हैं। कपड़ों में हलकी-सी रंगीनी ने उनके हलके गुलाबी चेहरे को बला का दिलकश बना दिया है। आलम चुस्त पाजामा और बारीक मलमल का कुरता पहने एक सोफ़े पर ऐसे लेटा है कि उसके पैर घुटने तक नीचे लटक रहे हैं। वाजिद शमीम के घुटने पर सर रखे उससे दूर लेटा है, शमीम किताब पढ़ रही है।]

वाजिद : ख़ाला बी मटर-पुलाओ नहीं पका बहुत दिन से, कल पके?

आलम : मटर-पुलाओ नहीं, पाये पकें।

वाजिद : लाहौल विला क़ुव्वत! पाये भी कोई खाने की चीज़ हैं, उससे अच्छा कीचड़ न खा लो। भई शम्मो क्या पके?...पाये या मटर-पुलाव!

शमीम : *(जलाने को)* कुछ भी न पके। बस उरद की दाल।

वाजिद : हट बदतमीज़ *(उसकी किताब अपने सर से टकराती देख कर)* ऊँह, अब हटाओ इस किताब को *(लेकर दूर फेंक देता है।)*

शमीम : भई तुम होते कौन हो? *(उठकर किताब लेना चाहती है मगर आलम उठाकर अपने सर के नीचे रख लेता है)* लाओ मेरी किताब

---

1. ईर्ष्या, 2. अर्थपूर्ण

दो...मैं अपने कमरे में जा रही हूँ। तुम लोगों के पास बैठना ही हिमाक़त है।

आलम : नहीं देते...हमारे सर में दर्द है।

शमीम : *(कुशन फेंक कर)* लो ये तकिया।

आलम : देखा ख़ाला बी! कैसा ज़ोर से तकिया मारा है। वैसे ही सर में दर्द है।

वाजिद : क्या वाक़ई दर्द है?

आलम : *(संजीदगी से सर सहलाकर)* हाँ धूप में जाने से हो गया है।

वाजिद : *(पुचकार कर)* शम्मो जाओ। बाम लाकर मल दो इसके *(उसे मुँह बनाते देखकर)* कैसी ख़राब हो तुम। अरे मैं आप लाकर मल दूँगा। आलम इतना काम करता है तुम्हारा और तुम ज़रा से काम से मरने लगती हो...*(जाता है)*।

ख़ाला बी : इधर आओ आलम मैं देखूँ!

आलम : *(पास आकर लेटते हुए)* यहाँ है...कनपटियों के पास।

ख़ाला बी : अए काहे से हो गया?

आलम : न जाने...

ख़ाला बी : *(कुशन रखकर बड़ी नर्मी से उस पर आलम का सर रखती हैं...और उसकी पेशानी पर हाथ रखती हैं)* ठहरो...अरे नन्ही...ओ नन्ही...।

नन्ही : *(दूर से)* अजी आई।

ख़ाला बी : अए आने की कोई ज़रूरत नहीं। फ़रीद से कह दो कल के लिए आज ही पाये ले आये और सुनो...अभी मसाला पीसना शुरू कर दो, आते ही चढ़ा देना। रात भर पकेंगे, सुना...और ज़रा-सा ख़मीर छोड़ देना। *(नन्ही की तरफ़ से मुत्मइन होकर, प्यार से)* कुछ मिठास भी पकवाऊँ? तुम्हें मीठे टुकड़े पसंद हैं...क्यों आलम?

आलम : जी हाँ और मटर-पुलाओ भी वाजिद को पसंद है।

वाजिद : *(बाम लाकर देता है)* लो। शमीम ज़रा अब मल तो दो।

ख़ाला बी : लाओ मैं मल दूँ।

[बाम लेकर उसकी पेशानी पर मलती हैं। बड़े इन्हिमाक[1] से उसकी पेशानी और कनपटियों को मलती है। शमीम कुछ देर बावरों की तरह बैठी रहती है, फिर उठ कर चल देती है।]

वाजिद : मैं ज़रा कपड़े बदल आऊँ। तुम तो चलोगे नहीं, सर में दर्द है। मैं ज़रा यूसुफ़ के साथ सिनेमा जा रहा हूँ। आज ग़ज़ब की अच्छी फ़िल्म लगी है।

---

1. तल्लीन-भाव

आलम : *(आँखें बंद किए)* हूँ। *(वाजिद जाता है। आलम आँखें बंद किए लेटा रहता है।)*

ख़ाला बी : *(ज़रा झुक कर)* बुख़ार तो नहीं? *(दूसरा हाथ उसकी गर्दन पर रख कर देखती हैं फिर अपना माथा छूती हैं)* नहीं, पिंडा तो ठंडा पड़ा है। कैसा है अब जी?

आलम : *(वैसे ही आँखें बंद किए)* बड़ा सुकून मिल रहा है...आहा...हा... सी...*(आँखें बंद किए उँगलियों से खेलता है।)*

[ख़ाला पेशानी पर से उसके बाल हटा कर ग़ौर से उसे देखती हैं। दूसरे हाथ से उसके गिरेबान के खुले हुए बटन को बंद करती हैं। आँखें और भी सियाह और दिलकश हो जाती हैं और होंठ काँपने लगते हैं। सर झुक जाता है। गर्म-गर्म साँस को कान के नीचे महसूस करके आलम आँखें खोल देता है। ख़ाला बी से आँखें चार होते ही घबरा जाता है। उनकी आँखें न जाने क्या-क्या कह जाती हैं...और वो एकदम हड़बड़ा कर उठ खड़ा होता है और न मालूम किस ग़ैर-इंसानी शय से डर कर चारों तरफ़ देखता है। ख़ाला बी के चेहरे की लाली लहरों की तरह दम-ब-दम ऊँची-नीची होती है...वो उसकी तरफ़ देखती हैं।]

आलम : *(घबरा कर अपनी पेशानी छू कर)* अरे, बिलकुल ग़ायब...सर में बिलकुल दर्द नहीं रहा...जैसे...*(शर्मिंदा होकर सर झुका देता है।)*

ख़ाला बी : *(ज़रा चेहरे की सुर्ख़ी को दबा कर)* कहाँ चले? सर का दर्द ऐसा भी क्या कि...जादू से अच्छा हो गया।

आलम : जी...जी...हाँ...अब बिलकुल अच्छा है। गोया कभी न हुआ। उड़ गया...दिमाग़। *(सर पकड़ कर जाने लगता है।)*

ख़ाला बी : बैठो तो...चाय बनवाऊँ।

आलम : *(बग़ैर नज़र मिलाए)* जी नहीं। चाय तो और गर्म होगी। *(दरवाज़े की तरफ़ बढ़ता है)*

[शमीम दाख़िल होती है।]

आलम : *(उसे देखकर हिम्मत बँध जाती है)* अरे शमीम! वाजिद कहाँ गया?

शमीम : कमरे में अपने और कहाँ! *(बेतअल्लुक़ी से अपनी चादर उठाकर जाने लगती है जो भूल गई थी।)*

आलम : *(शमीम के जाने से घबरा कर)* सुनो तो, अगर तुम मेरी किताब पढ़ चुकी हो तो दे दो।

शमीम : *(बिलकुल दरवाज़े के पास से)* अब कल मैं तुम्हारे कमरे पर भिजवा

दूँगी, इस वक़्त तो नहीं।

आलम : *(बचने के लिए बिलकुल उसके क़रीब जाकर)* मगर देखो... *(शमीम चली जाती है)*...सुनो तो।

ख़ाला बी : *(उसे जाता देखकर)* आलम!

आलम : *(बग़ैर पूरा मुड़े हुए)* जी!

ख़ाला बी : मैंने पायों का कह दिया है...और ख़मीरी रोटी तुम्हें पसंद है...आलम...वो मुंशी जी कल तक आ जाएँगे....मेरा।

आलम : कौन मुंशी जी? मुंशी जी!

ख़ाला बी : हाँ...वो ख़त...तुम्हारी...जेब...।

आलम : *(इत्मीनान की साँस लेकर)* वाजिद...तुम...मैं भी सिनेमा चलूँगा।

ख़ाला बी : अभी तो सर में दर्द था...और अभी सिनेमा की तैयारी होने लगी।

आलम : अब नहीं रहा।

वाजिद : क्या करोगे जाकर? और बढ़ जाएगा। तुम लेटो...और आज बोर्डिंग न जाओ, यहीं सो रहो मेरे कमरे में। कह दूँगा मॉनीटर से। अच्छा।

आलम : *(जल्दी से)* नहीं...बिलकुल ठीक हूँ। मैं देखना चाहता हूँ पिक्चर... चलो।

वाजिद : तुम जानो...ख़ाला बी तीन रुपए दे दीजिए।

ख़ाला बी : *(रुखाई से)* मेरे पास कहाँ रखे हैं इस वक़्त तीन रुपए।

वाजिद : *(इरादा ढीला ज़ाहिर करने के लिए कोट उतारने लगता है)* तो बस फिर हटाओ सिनेमा को भी।

आलम : मेरे पास हैं *(हैट और शेरवानी लेकर)* चलो...

[दोनों जाते हैं। आलम अपने हाथ की कंपकंपाहट को हाथ हिला-हिला कर छुपाता है। ख़ाला बी दोनों को जाता देखती हैं। बिलकुल बग़ैर इरादे के वो अपने हाथ में लकीरों को घूरने लगती हैं...हलकी उम्मीद भरी मुस्कुराहट आ जाती है।]

चौथा सीन

[अपने कमरे में शमीम बहुत परेशान और जैसा कि अकसर होता है, भरी बैठी है। किसी नई बात ने उसे हैरान और परेशान कर रखा है। जी चाहता है रो दे, मगर ज़ब्त किए बैठी है।]

शमीम : *(.ख़ुद-ब-.ख़ुद)* मक्कार कहीं का। *(किताब खोलकर एक मसला हुआ काग़ज़ निकालती है और पढ़कर ग़ुस्से से फाड़ना चाहती है। लेकिन दो टुकड़े करके आगे नहीं फाड़ती। वापिस रख देती है। फिर चंद छोटे-छोटे पुर्ज़ों को जोड़कर पढ़ना चाहती है। आहट सुनाई देती है तो जल्दी से दरी का कोना उठाकर छुपा लेती है।)*

[वाजिद आता है]

वाजिद : *(आकर प्यार से उसकी पीठ पर हाथ मार कर)* शम्मो बेटे! क्या हाल-चाल है। बड़े मोटे होते जा रहे हो। *(बिसूरती शक्ल देखकर)* रोना, रोना, लगातार रोना...और भी कुछ काम है तुम्हें? अल्लाह की बंदी! *(उसे रोता देखकर)* अरे ये क्या, हुआ क्या *(घबराकर बैठ जाता है)* क्या हुआ आख़िर?

शमीम : *(रो कर)* वाजिद! घर चलो...आपा के पास समूभल। मैं नहीं ठहर सकती एक घड़ी भी यहाँ।

वाजिद : कोई बात भी हो। क्या ख़ाला बी ने डाँटा?

शमीम : नहीं...*(ख़ामोशी)*

वाजिद : फिर...? *(प्यार से)* भई ये कोई बात नहीं है। हम तुम्हारे दोस्त हैं...सिर्फ़ तेरह दिन तो कॉलिज खुलने में रह गए हैं...और अब कहती हो चलो। क्यों आख़िर?

शमीम : *(दरी का कोना उलट कर काग़ज़ के पुर्ज़े निकाल कर)* लो।

वाजिद : *(ठीक तरह से बैठ कर काग़ज़ जोड़-जोड़ कर पढ़ना शुरू कर देता है। उलझ कर)* क्या पढ़ूँ...ख़ाला बी का ख़त है। क्या तुम्हें कुछ लिखकर हिदायत दी है?

शमीम : जी नहीं, ज़रा पढ़िए तो, फिर कहियेगा।

वाजिद : *(ग़ौर से देखकर)* क्या...हाँ, आलम...और ये क्या है? बाबा एक तो ख़ाला बी का ख़त, दूसरे फटा हुआ *(फिर कोशिश करता है)* 'ठोकर...नहीं...ठुकराना मत...' *(चकरा कर)* ये क्या गडमड है। हैं 'उम्मीदें'...'वास्ता'...नहीं 'वाबस्ता'...'मायूसी'...'मायूस न करना' *(कुछ देर .ख़ामोशी से पढ़ता है)* 'हूँ ज़ुबान...ज़ुबानी कहने का मौक़ा न मिला।'

शमीम : और ये...*(दूसरा टुकड़ा देती है।)*

वाजिद : *(पढ़कर रंग उड़ जाता है। कानों में .ख़ून की तेज़ी से झनझनाहट होने लगती है। डरी हुई नज़रों से शमीम को देखता है)* मगर...तअज्जुब!...मगर ये है क्या मुआमला?...आलम...सिर्फ़ एक

साल बड़ा है मुझसे। कहाँ मिला ये तुम्हें?

शमीम : मेरे...मेरे कमरे में...शायद आलम की जेब से गिर पड़ा।

वाजिद : *(हैरत से)* पागल! ख़ाला बी यक़ीनन...और...मुझे यक़ीन नहीं आता...आलम... *(थोड़ी देर दोनों ख़ामोश रहते हैं, फिर वाजिद के चेहरे पर बजाय परेशानी के ग़ुस्से और नफ़रत के जज़्बात पैदा हो जाते हैं...वो अपने होंठ चबाने लगता है।)* कमीना..मुझे वहम भी न हुआ था। शम्मो हम अभी चले जाएँगे। बल्कि मैं अभी जाकर फ़ोन करता हूँ हैदर साहब को कि फ़ौरन कार भेज दें अपनी...अच्छा!

शमीम : और कॉलिज...?

वाजिद : कॉलिज पंद्रह को खुलेगा। फिर हम आ जाएँगे और तुम भी बोर्डिंग चली जाना। मैं यूसुफ़ के साथ रह लूँगा। अच्छा *(ख़ुद-ब-ख़ुद)* मक्कार, दोस्त बनता है और...तुम्हें कोई रंज नहीं, कोई परवाह नहीं...क्यों...?

शमीम : *(दुखी सर झुकाए ग़रूर से)* नहीं!

वाजिद : तो फिर चलो, तैयार हो जाओ।

शमीम : और ख़ाला बी, उनसे तो कह दो।

वाजिद : *(ग़रूर से)* हमें ख़ाला बी से वास्ता? हमें कोई ज़रूरत नहीं उनसे कहने की। ठीक कर लो तुम अपने थोड़े से कपड़े...मैं जा रहा हूँ...पंद्रह मिनट से ज़्यादा नहीं लगेंगे *(जाता है)*।

[शमीम थोड़ी देर ख़ामोश बैठी रहती है। फिर उठ कर अलमारी में से कपड़े निकाल कर एक अटैची में रखती है। दो-एक चीज़ें और किताबें मेज़ से उठाकर डाल लेती है। एक फ़्रेम जिसमें आलम और वाजिद की तस्वीर है, उठाकर रखना चाहती है। फिर कुछ सोचकर आलम की तस्वीर निकाल देती है और वाजिद की रख लेती है। फिर कुछ सोचकर आलम की तस्वीर देखती है। हिचकिचाती है...मगर फिर बेपरवाही से सब कपड़ों के नीचे उसे भी डाल लेती है। पैरों की चाप सुनाई देती है और आलम की आवाज़ दूर ही से आती है।]

आलम : वाजिद...ओ...वाजिद...कहाँ हो? *(आता है, शमीम बेतअल्लुक़ी से कपड़े रखती है)* अरे, शम्मो...दोस्त...! वो कहाँ है?...वाजिद! *(उसके कंधे पर हाथ रख देता है।)*

शमीम : *(उसका हाथ कंधे पर से हटाकर)* मुझे नहीं मालूम।

आलम : *(उसकी बदमिज़ाजी से मुतास्सिर होकर)* अरे...और मुझे कहा था कि आज सिनेमा चलेंगे। वाजिद भी क्या बेवक़ूफ़ इंसान है! *(शमीम*

का चेहरा देखकर) अरे भई शाबाश है। न जाने इतना ग़ुस्सा करके लड़की जीती कैसे है? मैं तो दो दिन में मर जाऊँ...आहा...ज़रा आपका मुँह मुलाहिज़ा हो...वा...ह...वाह *(मुँह ऊँचा करता है उसका)*

शमीम : *(उसका हाथ झटक कर)* ऊँह! *(और मेज़ पर से सामान लेने चली जाती है।)*

आलम : कब तक आएगा वाजिद? भला ये भी कोई अंदाज़ है? *(कुछ याद करके)* अरे हाँ, सुनो तो शम्मो...ये ज़रा...इधर देखो...*(चेहरे पर ख़ुशी नाच रही है। कमर पर हाथ रखकर खड़ा हो जाता है। शम्मो एक नज़र देखकर नज़र फेर लेती है।)* अए देखो...बोलो...क्या ज़ाहिर हो रहा है कुछ शान हमारे चेहरे पर...!

शमीम : *(थके हुए लहजे में)* जी हाँ मालूम है आज आपका चेहरा बड़ा शानदार हो रहा है...

आलम : *(उसके बोलने ही से ख़ुश होकर)* रौब पड़ रहा है कुछ?

शमीम : *(तंज़ से हँसकर)* आप ही का रौब हमारे ऊपर न पड़ेगा तो फिर किसका पड़ेगा! भला आप...

आलम : *(हँसकर)* अच्छा तो तुम्हें मालूम हो गया? वो...

शमीम : *(उसकी बेशर्मी से दुखी होकर)* जी हाँ मालूम हो गया। बस! और कुछ कहना है अभी आपको?

आलम : *(हैरान होकर)* अजब दीवानी लड़की है। अरे भई इंसान किसी वक़्त तो सीधे मुँह बात कर लिया करे कि बस हर वक़्त नख़रे...मैं कहता हूँ मैं तो वो...ख़त...

शमीम : *(बात काट कर)* जी हाँ...वो ख़त...*(उठकर जल्दी से कुछ अलमारी में से निकालने लगती है।)*

आलम : अरे तो भौंकती क्यों हो?...तुम क्यों जल गईं? जैसे तुम्हारा मैंने कुछ ले लिया हो। दूसरों की तरक़्क़ी से इस क़दर न जला करो। अपनी-अपनी क़िस्मत है। कहती तो होगी निखट्टुओं के ऐसे ही भाग होते हैं। छप्पर फाड़ के। ख़ुदा की क़सम! इंतिख़ाब *(चुनाव)* ही तो है...लड़ गई तक़दीर *(उसकी आग बरसाती आँखों से बचकर)* ऊँह न जाने अच्छी-ख़ासी लड़की एकदम से चुड़ैलों का रूप कैसे धार लेती है...? मगर तुमने कैसे देखा?...शायद यूसुफ़ ने वाजिद को बताया हो।...ख़त तो मेरी जेब ही में पड़ा है। *(टटोल कर)* शायद भूल आया। कुछ ऐसा बिलबिलाया कि सीधा भागा तुम

लोगों को बता दूँ। ख़ैर, छोड़ो इन बातों को। ये तो बताओ कि आज पका क्या है?

शमीम : *(ग़ुस्से से काँपती हुई)* निकल जाओ...निकल जाओ मेरे कमरे से...बड़े...बड़े आए। दोस्त बनते हैं...जाओ....ख़ुदारा चले जाओ...

आलम : *(उसको सचमुच ग़ुस्से में देखकर)* शम्मो!

शमीम : अभी कुछ और कहना है...जाओ यहाँ से ख़ुदा के लिए।

[वाजिद दाख़िल होता है।]

आलम : *(उसे देखकर ज़ोर से क़हक़हा लगाकर)* यार वाजिद पागल हुई है ये...आज...अरे देखते हो इस बिल्ली को ख़ुदा की क़सम!

वाजिद : *(अपने प्यारे दोस्त की जालसाज़ी से मुँह उतरा हुआ है। नफ़रत से)* शम्मो! तैयार हो तुम?

आलम : ये...क्या कहीं जा रहे हो तुम लोग? आख़िर...बताओ भी तो कुछ।

वाजिद : *(कुछ न सुनकर शमीम से)* वो...वो कार आती ही होगी।

आलम : वाजिद! कुछ कहोगे भी या तुम...!

वाजिद : *(ग़ुस्से को पीते हुए)* मैं कुछ नहीं कहना चाहता...बस थोड़ा-सा सामान ले लो शम्मो!

आलम : लेकिन वाजिद, तुम्हें ये हो क्या गया है। कुछ...!

वाजिद : मुझे?...जी मुझे पगालपन का दौरा पड़ा है। *(शमीम से)* वो सूटकेस, बस और...

आलम : *(उसके ग़ुस्से से बौखला कर)* मगर...मैं वो...ख़त लाया था कि...वो...ये कहना था कि...

वाजिद : क्या अभी तुम्हें कुछ और कहना है? हाँ वो ख़त...फिर?

आलम : *(मुर्दा होकर)* मगर तुम...तुम, इतने ग़ुस्से होने की वजह? ऐसे गोया *(जैसे)*...

वाजिद : *(तिलमिला कर)* बेशक! हम क्यों ग़ुस्सा हों...हमें क्या हक़? हम होते कौन हैं? और *(क़हक़हा लगाता है)* वाक़ई! *(एकदम संजीदा होकर)* हमीं क्यों?... *(बेतुकी हँसी हँसता है)* क्या वजह? आहा...।

आलम : *(कुछ न समझते हुए)* मगर...ये क्या कह रहे हो तुम? तुमने कब देखा...तुम...।

वाजिद : हाँ। हमने देखा...और वो ख़ुशख़बरी भी मिल गई हमें और इसी वजह से हम लोग इस वक़्त इस क़दर मसरूर[1] नज़र आ रहे

1. आनन्दित

हैं। *(ताना मारते हुए)* और हाँ आपको मुबारकबाद तो देना भूल ही गए।

आलम : *(अपने रूठने की बारी समझकर)* मुझे नहीं चाहिए तुम्हारी मुबारकबाद...ले के पहले तो...।

वाजिद : बेशक! बेशक! *(कार की आवाज़ सुनकर)* उठो शम्मो!

आलम : मगर...

[वाजिद अटैची उठाकर शमीम की कमर में प्यार से हाथ डालकर उसे ले जाता है। आलम अजब परेशानी की हालत में ढीला-ढाला खड़ा रहता है गोया किसी ने उसे कुचल दिया हो। पेशानी पर हाथ फेरता है। गोया ये मालूम करने के लिए कि ये ख़्वाब है या हक़ीक़त। कार की आवाज़ पर घबरा के चौंकता है मगर दूर उसका हॉर्न सुनकर बेसुध होकर कुर्सी पर गिर जाता है। सर पर दोनों हाथ रखकर सोचता है कि इतने में उसे फटे हुए पुर्ज़े नज़र आते हैं। पहले बेपरवाही से फिर आँखें झपकाकर ग़ौर से देखता है। उन्हें जोड़ कर पढ़ता है तो आँखें फटी की फटी रह जाती हैं।]

आलम : अरे...ओ...अ...रे...ये...मगर...

[फिर-फिर देखता है...सब हक़ीक़त समझ में आ जाती है। जल्दी-जल्दी जेबें टटोलकर एक ख़त निकालता है। थोड़ी देर ख़ौफ़नाक नज़रों से ख़ला[1] में घूरता है। फिर मुट्ठियाँ भींच कर खड़ा हो जाता है। दरवाज़ा खुलता है और ख़ाला बी ख़िरामाँ-ख़िरामाँ ख़ुश-रंग लिबास में दाख़िल होती हैं।]

ख़ाला बी : *(बिलकुल बदली हुई आवाज़ में कि जो बीस बरस की ख़ाला बी मालूम होती हैं)* तुम सीधे इधर चले आए मैं...।

[आलम हैरान-परेशान दो क़दम पीछे हटता है।]

ख़ाला बी : *(उसकी परेशानी से घबरा कर)* मैं मुंशी जी को बुला लिया है वो कल आ जाएँगे और सब तय हो जाएगा।

आलम : *(हक्का-बक्का बेवक़ूफ़ों की तरह)* हैं?...

ख़ाला बी : हाँ और बैंक में शायद पैंसठ हज़ार रह गया है...बाक़ी के शेअर्स ख़रीद लिए थे। काग़ज़ात सब मेरे संदूक़चे में हैं *(नीची नज़र किए हुए)* और मकानात...

आलम : *(बदहवासी से)* ओं...ख़त *(फटे हुए ख़त को टटोल कर)* ये.... ये...ये...*(ख़ुद अपने हाथ का ख़त देखकर)* ये...और मैं...ये...

---

1. शून्य

ख़ाला बी : *(बड़े प्यार से)* हाँ...हाँ ये कैसा ख़त है?

आलम : *(जो अब भी खोया हुआ था)* ये ख़त...मेरा है...तक़र्रुर (appointment) हो गया है मेरा...और *(घबराकर उजड़े हुए कमरे को देखकर)* और...

ख़ाला बी : *(ख़ुशी से)* कहाँ हुआ तक़र्रुर...देहली ही में...या कानपुर में?

आलम : *(कुछ न सुनकर जैसे किसी ग़ायब हस्ती से)* वो...मैं ख़ुद हो जाता...पागल...वाजिद *(साँस भर कर)* शम्मो!

ख़ाला बी : *(उसके क़रीब आकर)* आलम!

आलम : *(उनकी अजीब-सी आवाज़ से चौंक कर)* ख़ाला बी!

ख़ाला बी : *(नाउम्मीद न होने की कोशिश करते हुए)* आलम! मैं तुम्हारी ख़ुशी...

आलम : *(जल्दी से)* ख़ाला बी!

ख़ाला बी : *(काँपती हुई आवाज़ में)* आलम...तुम्हें तुम...

आलम : *(बात काट कर जल्दी से)* ख़ाला बी...ख़ाला बी...

ख़ाला बी : *(पज़मुर्दा होकर गर्दन झुक जाती है)* आ...ल...म...

[आलम बग़ैर कुछ कहे-सुने जल्दी-जल्दी ख़त जेब में रखते हुए तेज़ी से निकल जाता है, ख़ाला बी कुछ देर हैरानी से उसे जाता देखती हैं। उसके जाते हुए पैरों की आवाज़ को एक नग़मे की तरह कान लगाकर सुनती हैं। ज़रा देर में उनकी नज़र उसकी टोपी पर पड़ती है जो वो घबराहट में भूल गया है, अजब अंदाज़ में बढ़ कर उसे उठा लेती हैं। एक मुतबर्रिक[1] और नाज़ुक मुजस्समे[2] की तरह उसे देखती हैं। उनकी बड़ी-बड़ी सियाह आँखें फीकी होकर बंद होना शुरू होती हैं और बड़े-बड़े बेरौनक़ आँसू उनके चेहरे पर ढलक आते हैं। गर्दन ज़रा पीछे गिर जाती है और वो टोपी को आहिस्ता से सहलाती हैं...जैसे दिल-शिकस्ता माँ अपने बेजान बच्चे को टटोलती है। वो क़दमों की चाप भी नहीं सुनतीं। दरवाज़े में आलम नज़र आता है। वो शायद टोपी लेने आया था, जिसे भूल गया था। थोड़ी देर ग़ैर-फ़ैसला-कुन[4] अंदाज़ में खोया हुआ-सा खड़ा रहता है...और...फिर... स्टेज टूट जाता है।]

1. पवित्र, 2. प्रतिमा, 3. असमंजस

ढीट

वो : औरत चाहे कितना ही बुलंद मर्तबा पा ले, बड़े से बड़ा काम अंजाम दे लेकिन फिर भी वो एक औरत है, एक कमज़ोर हस्ती।

मैं : थोड़ी देर के लिए मान लो कि मैं यक़ीन नहीं करती, तब?

वो : तुम्हारे मानने और न मानने से क्या होता है। दुनिया कहती है, बड़े-बड़े उल्मा-ए-दीन[1] और फ़लसफ़ियों के क़ौल देख लो।

मैं : मैं तब भी न मानूँ तो?

वो : तो ये तुम्हारी ज़बरदस्ती है?

मैं : तुम्हें पूरा यक़ीन है कि ये मेरी ज़बरदस्ती है?

वो : और नहीं तो क्या!

मैं : तो तुम मान गए कि मैं ज़बरदस्त हूँ। अब तो यक़ीन हुआ कि हमारी कमज़ोरी की सारी अफ़वाहें ग़लत हैं।

वो : वाह! ख़ाम-ख़ाह की हुज्जत...ये तो तुम्हारी हमेशा की आदत रही है। हटाओ इन झगड़ों को मगर तुम्हें तो हमेशा से लड़ाई-दंगा अच्छा लगता है। याद है *(आँखों में एक चमक पैदा हो गई)* बचपन का भोला-भाला ज़माना कितना दिल-फ़रेब वक़्त था। काश फिर वही हँसी-ख़ुशी और बेफ़िक्री के दिन लौट आएँ। याद है तुम्हें, जब हम-तुम इमली के दरख़्त के नीचे घरौंदे बना-बना कर खेला करते थे।

मैं : और तुमसे लड़कर मैं घर नोच-खसोट कर चल देती थी। ऐं!

वो : *(हँसकर)* हाँ मगर एक दिन तो तुम बुरी तरह लिपट गईं और मेरा मुँह खसोट डाला *(और हँसकर)* और उलटी मेरी ही शिकायत कर दी।

---

1. धर्माचार्यों

मैं : तुम्हारा कुर्ता भी तो नोच डाला था। फिर उलटी तुमने ही ख़ुशामद की।

वो : *(और भी ज़्यादा हँसते हुए)* हाँ-हाँ और फिर याद है वो जो हमने-तुमने आपा का साबुन चुरा कर कुत्ते के पिल्लों को नहलाया था। जिस पर आपा ने ख़ूब कान ऐंठे थे।

मैं : और वो भी हम-तुम बेरों पर लड़े थे।

वो : *(हँसी से बेताब होकर)* ओह...हाँ और जब मक्खन-रोटी बिछौने में छुपाकर खाया था।

मैं : तब अब्बाजान ने सुबह का नाश्ता काट दिया था।

वो : हाँ, हाँ!

मैं : तो तुम्हें ये सब बातें याद करके...शर्मिंदगी-सी होती है।

वो : ऐं...क्या...नहीं तो, ये बचपन की सुहानी शरारतें थीं, जिनकी याद...

मैं : भला उन शरारतों में सुहानेपन की क्या बात थी?

वो : वाह! क्या तुम्हें बचपन नहीं याद आता?

मैं : आता क्यों नहीं।

वो : फिर?

मैं : फिर यही कि अफ़सोस होता है, बुरा लगता है कि ऐसे बेवक़ूफ़ क्यों थे। भला इसमें सुहानापन क्या हो सकता है। इमली के पेड़ के नीचे घरौंदे बनाना...नोच-खसोट...बेरों पर मार-कुटाई, चुपके-चुपके बिस्तर में छुपकर मक्खन खाना और फिर पिटना, जो कि बचपन की सबसे ग़ैर-सुहानी शय है। सब बेहूदगियाँ थीं और शुक्र है कि वो नालायक़ ज़माना गुज़र गया और कभी न आएगा।

वो : वाह! बचपन की हर बात भोली होती है।

मैं : भोलापन कौन-सा कमाल है। हर पागल और बेवक़ूफ़ आदमी सारी उम्र भोला रहता है। तुम्हारी नज़रों में वो बहुत ही ख़ुशनसीब है फिर बन जाओ न भोले।

वो : तुम तो बस बहस करने लगती हो। बचपन में और पागलपन में बहुत फ़र्क़ है। हम-तुम अपने आप को बड़ा समझकर खेल खेला करते थे। मैं डिप्टी साहिब बनता और तुम बेगम साहिबा बनती थीं।

मैं : तुमने तो मुझे और भी बचपन से नफ़रत दिला दी।

वो : क्यों?

मैं : मैंने तुमसे कितनी दफ़ा कहा है कि भाई इस पाजी लफ़्ज़ 'क्यों' को इस तरह मेरे सर पर न पटक दिया करो।

वो : यानी?

मैं : लो, ये तुमने उससे भी बेहूदा लफ़्ज़ निकाला, ऊँह!

वो : तुम तो अजीब बातें करती हो। ये हमारी ज़हानत का सबूत न था कि हम-तुम बुज़ुर्गों के तय किए हुए रिश्ते को कि भोलपन और अक़्लमंदी से ज़हन-नशीन कर चुके थे।

मैं : क़तई भोलपन लेकिन अक़्ल-मंदी से नहीं।

वो : हैं! यानी मेरा मतलब है कि क्यों नहीं?

मैं : मतलब ये कि हम-तुम जब भोले थे, तब तक तो ठीक था। लेकिन तुम तो वैसे ही भोले और सुहाने हो। मगर मैं बड़ी हो गई। कुछ बैठी नहीं बात!

वो : क्या इससे तुम्हारा मतलब है कि जो रिश्ता हमारे-तुम्हारे दरम्यान बचपन से क़ायम है, तकमील *(पूर्णता)* को नहीं पहुँचना चाहिए?

मैं : यानी?

वो : यानी क्या?

मैं : ये लीजिए। आप तो जब चाहें 'यानी' 'क्यों' कह कर मुझसे लंबे-चौड़े जवाब वसूल कर लें और मैं कहूँ तो चकराएँ।

वो : तुम तो...

मैं : 'बेकार हुज्जत करती हूँ' यही कहने वाले थे ना तुम?

वो : मुझे आज तक शुब्हा भी न हुआ कि तुम इस रिश्ते को नापसंद करती हो।

मैं : और शुब्हा होने की वजह भी क्या?

वो : तुम ही तो कह रही थीं कि...

मैं : क्या-क्या?

वो : न मालूम क्या कहती थीं।

मैं : अल्लाह रे भोलपन! तुम्हारे ही दिल में कोई ऐसा-वैसा ख़याल आया होगा। मेरे सर थोप रहे हो। याद रहे कि हम भी थोड़ी-सी अक़्ल रखते हैं।

वो : बेवक़ूफ़ तो मैं ही था जो इस धोखे में रहा।

मैं : यानी ये जो हमारी मँगनी थी, ये 'धोखा' था। तुम बुज़ुर्गों तक पहुँच रहे हो। पता है ये धोखा दादा-अब्बा का क़ायम किया हुआ है। मैं तो तुम्हें ऐसा न समझती थी। ठीकरे की माँग बड़ी पक्की होती

है जनाब!

वो : *(खिसिया कर)* तुम मुझे हर वक़्त बेवक़ूफ़ समझती हो।

मैं : तौबा, तौबा! लेकिन अगर समझूँ भी तो क्या हुआ मँगनी-शादी में अक़्लमंद या बेवक़ूफ़ का कोई सवाल नहीं होता। ये तो एक रूहानी रिश्ता है जिसका फ़ैसला पहले ही ख़ुदा ने आसमान पर कर दिया है।

वो : यानी ये कि बीवी मियाँ को उल्लू समझती रहे?

मैं : इसमें हरज ही क्या है?

वो : भला ऐसे घर में निबाह कैसे होगा?

मैं : निबाह! निबाह ऐसे कि तुम कमा कर लाना, मैं सलीक़े से ख़र्च करूँगी। तुम, तुम डिप्टी साहिब होंगे और मैं बेगम साहिबा...मज़े से रहेंगे।

वो : मुआफ़ करना, तुम ज़रा बेशर्मी पर उतर आई हो आज।

मैं : इसमें बेशर्मी क्या है? तुम ही तो उस रोज़ कह रहे थे कि हमारी ज़िंदगी बड़े मज़े से गुज़रेगी। तुम मंदिर की देवी होगी और मैं पुजारी। ये होगा, वो होगा। जो आज मैंने कहा तो बुरा मान गए। आज कुछ दिल में ठान कर ही आए हो।

वो : अगर मैं कुछ कहूँ तो वो और बात है, मैं मर्द हूँ।

मैं : मुझे इस बात का यक़ीन है।

वो : तुम बदतमीज़ भी हो। आज तक मैं कितने धोखे में था। शुक्र है कि जल्दी आँखें खुल गईं।

मैं : यानी?

वो : यानी...अब तुम कितनी दफ़ा 'यानी' कह चुकी हो।

मैं : कभी नाव नदी पर और कभी नदी नाव पर। आगे कहो, क्या आँखें खुल गईं?

वो : यही कि हमारी तुम्हारी नहीं बन सकती।

मैं : क्यों नहीं बन सकती? कहीं तुम्हारा ये मतलब तो नहीं कि मँगनी ही ख़त्म।

वो : यक़ीनन।

मैं : तुम ठीकरे की मँगनी तोड़ दोगे?

वो : बेशक।

मैं : मगर मैं तो ये नहीं चाहती। मैं तो तुमसे ही शादी करना चाहती हूँ।

वो : मगर मैं तो क़तई नहीं चाहता।

मैं : तुम तो दीवाने[1] हो, आख़िर वजह क्या?

वो : मान लो मुझे तुम पसंद नहीं।

मैं : फिर और कौन बदनसीब पसंद आई?

वो : कोई हो या न हो, मुझे तुम पसंद नहीं आ सकतीं *(हद से ज़्यादा चिढ़ कर)*।

मैं : मगर मुझे तो तुम पसंद हो।

वो : लाहौल विला क़ुव्वत, क्या बेहयाई है! कोई मर्द किसी लड़की को यूँ ठुकराए और वो ज़रा भी ख़ुद्दारी न रखते हुए मुसिर[2] हो।

मैं : और तुम जो उस दिन कहते थे कि अगर तुम मुझसे ख़ुदा-न-ख़ास्ता शादी न करो तो मैं दीवाना हो जाऊँ।

वो : मैं मर्द हूँ।

मैं : देखो एक दफ़ा कह चुकी कि मुझे पुख़्ता यक़ीन है कि तुम मर्द हो। अब अगर कुछ कहूँगी तो जल जाओगे।

वो : मर्द चाहे जो कुछ करे। मगर औरत अगर इज़हारे-मुहब्बत यूँ दीदा-दिलेरी[3] से करे तो उसे मायूब[4] समझते हैं। कुजा...

मैं : अगर तुम्हें मेरे इश्क़ में दीवाना होने का पूरा-पूरा हक़ हासिल है तो किसी की मजाल नहीं कि मुझे तुम्हारे लिए अपना गला घोंटने से रोके। मैं जिस तरह चाहूँ अपने ख़यालात का इज़हार करूँ। कोई होता कौन है, वाह!

वो : मर्द के ऐब भी छुप जाते हैं वो जो कुछ चाहे करे, लेकिन औरत...

मैं : चित भी मेरी पट भी मेरी। मैं पूछती हूँ कौन कहता है कि औरत बुरी बात करे तो ज़्यादा गुनहगार होगी।

वो : गुनहगार का ज़िक्र नहीं है, औरतों के लिए आम तौर पर ये बात बहुत मायूब समझी जाती है कि वो मर्द के इंकार पर भी अपने मुँह से दरख़ास्त करें। लोग सुनते हैं तो थू-थू करते हैं।

मैं : तुम ही तो उस दिन कहते थे कि 'लोगों को बकने दो', दूसरे अब तुम लोगों में जाकर थोड़ा ही फूँक दोगे। किसी को क्या मालूम कि मैंने तुमसे क्या कहा।

वो : ओह, तुम्हारी बहस कभी ख़त्म न होगी। मुझे ख़ुशी है कि हम और तुम दोज़ख़ जैसी ज़िंदगी जीने से बच गए।

---

1. पागल, 2. ज़िद पर अड़ी, 3. बेशर्मी, 4. बुरा/ग़लत

मैं : कैसी दोज़ख़ और कैसी जन्नत! तुम मर भी जाओ तो अब्बाजान मँगनी तोड़ने न देंगे। दूसरे जायदाद तुम्हें कौड़ी भी न मिलेगी।

वो : मुझे जायदाद की हवस नहीं।

मैं : और ये डिप्टी कलक्टरी अब्बाजान तुम्हें ख़ाक दिलवाएँगे।

वो : चूल्हे में डालो डिप्टी कलक्टरी को।

मैं : लेकिन तुम्हें मेरा भी ख़याल नहीं। परसों ही तुमने कहा था कि मुझ ख़ाकसार के बुत की बचपन से पूजा करते हो और दिलो-दिमाग़ पर ख़ाकसार ही छाई हुई है और वो क्या शेर था...मुआफ़ करना...वो...'क्या दिल की कली' जाने क्या हुआ और 'सनम और गिरेबाँ चाक' और 'दर के भिखारी' का भी कुछ था। बताना ज़रा फिर से।

वो : लाहौल विला क़ुव्वत! तौबा है, ये आज तुम कैसी बातें कर रही हो। हद है बेशर्मी की!

मैं : क्या कर रही हूँ। वही जो तुम हमेशा करते हो। आज जो मैं कहती हूँ तो जले मरते हो।

वो : तुम इस रिश्ते को नामौज़ूँ[1] ख़याल करती हो।

मैं : मैं! होश की लो। खाओ क़सम कि मैंने कभी ये कहा हो कि मैं तुम्हें शादी के लिए नामौज़ूँ समझती हूँ।

वो : तुम मुझे नापसंद नहीं करतीं? *(पुरानी रोशनी आँखों में ऊद कर आती है।)*

मैं : क़तई नहीं...मैं...अब जो मैं परस्तिश वग़ैरा का कुछ कहूँगी तो तुम कहोगे बेशर्मी। ये वो...

वो : तुम मुझे बेवक़ूफ़ कहती हो। *(आँखों की रोशनी बुझ-सी जाती है।)*

मैं : कभी नहीं। दरअस्ल मेरा मतलब भोले से होता है। यूँ ही लाड में कहती हूँ।

वो : तुम क्या कह रही हो आज! *(चकरा-सा जाता है)* अभी कुछ दिन हुए तुम मुझसे खुल कर बात भी न करती थीं। मेरा नाम लेते हुए झिझकती थीं। शर्मा कर सर झुका लेती थीं।

मैं : ऊँह! वो तो मैं बना करती थी। तुम्हें वो बातें पसंद थीं? अच्छा अब मैं शरमाया करूँगी, बस!

वो : ओह, ये मैं क्या सुन रहा हूँ! या ख़ुदा क्या ये सच है! मैं कभी

---

1. बेमेल

भी ऐसी लड़की के साथ ज़िंदगी नहीं गुज़ार सकता जो मुझे पसंद न करती हो और मेरा मज़ाक़ उड़ाए।

मैं : क्या कहा! क्या? मैं तुम्हें पसंद नहीं करती। तुम इज़हार को मायूब समझते हो और बिगड़ जाओगे लेकिन सचमुच मैंने तुम्हें कभी नापसंद नहीं किया।

वो : क्या तुम ऐसे शौहर के साथ ज़िंदगी गुज़ार सकती हो जो तुम्हें नापसंद करता हो?

मैं : अव्वल तो मुझे तुम नापसंद ही नहीं। दूसरे शादी-ब्याह के मुआमले में इन ग़ैर-शायराना बातों का क्या दख़्ल। तुम ही लोग तो कहते हो कि हिंदुस्तानी दोशीज़ा[1] बड़े-से-बड़े शौहर के साथ हँसी-ख़ुशी निबाह कर सकती है। वो शौहर को देवता समझती है। एक देवता के लिए ज़रूरी नहीं कि वो अक़्ल-मंद ही हो। हिंदुस्तानी दोशीज़ा जो एक मरखने बैल के साथ भी सुख से रह सकती है..., कुजा तुम।

वो : *(ग़ुस्से से तमतमाते हुए)* तुम्हारी बातें तकलीफ़-देह और हत्क-आमेज़[2] हैं। मुझे सख़्त हैरत है।

मैं : तुम्हें तो आज हैरत ही हुए चली जा रही है।

वो : मैं पागल जो ठहरा।

मैं : मैंने सब कुछ माना, लेकिन एक देवता के लिए पागल-वागल का सवाल ही नहीं। कहा ना मैंने कि वो जैसा भी हो फिर भी मजाज़ी[3] ख़ुदा है। अगर सजदा सिवाय ख़ुदा के जायज़ होता तो वो इसी देवता के हुज़ूर में पेश किया जाता। औरतें वही पारसा और नेक हैं, जो बड़े शौहरों को निबाह रही हैं। हमारी बख़्शीश शौहर की फ़रमाँ-बरदारी में है।

वो : बस, बस! मैं तुम्हारी बातें नहीं सुन सकता।

[फन पटकते, तनतनाते हुए ग़ायब...]

कहते हैं अगर शादी की बातें लड़कियाँ करती हैं तो मुँह पका-पका हो जाता है। मैं दौड़ी हुई आईने के सामने गई। वाक़ई मुँह पर ठीकरे टूट रहे थे।

---

1. लड़की, 2. अपमानित करने वाली, 3. सांसारिक

बन्ने

किरदार (पात्र...)

बन्ने : *एक तंदुरुस्त, ख़ुश-मिज़ाज, ख़ुद्दार, ख़ुद-राय और और मुँह-फट, फूहड़ और लड़ाका, बला का ज़हीन और पढ़ने का शौक़ीन, बुज़ुर्गों की बातों में पटापट बोलने वाला। मगर इला बी की नज़रों में 'घी का लड्डू'।*

ज़ुहरा : *दुबली-पतली डरपोक-सी लड़की। चिढ़ कर जल्दी से बिसूरने की आदी और इला बी के रौब की क़ाइल। बन्ने से एक मिनट नहीं बनती। इला बी के बताए हुए फ़ैशन के मुताबिक़ सादगी-पसंद, सलीक़े-मंद, सुघड़। बन्ने की ख़ाला-ज़ाद[1] बहन।*

इला बी : *35 साल की कुँवारी ख़ातून। उम्र से ज़्यादा बड़ा बनने का शौक़। भांजे और भांजी की परवरिश अपना पैदाइशी हक़ समझती है। ज़ुहरा को हर वक़्त 'दाबती' रहती हैं और बन्ने को सर चढ़ा रखा हैं।*

डिप्टी साहिब : *ख़ुशहाल क़िस्म के चालीस साल के मर्द, बहुत तंदुरुस्त। सर के बाल उड़े हुए, तोंद बढ़ी हुई, सुर्ख़ रंग। बड़ी-बड़ी आँसू भरी आँखें, फूली हुई मूँछे, ठिगना क़द और दो बच्चे मौजूद हैं लेकिन ज़ुहरा से शादी करना चाहते हैं।*

अन्नू : *बड़ी-बड़ी आँखों वाला मासूम नौकरनुमा रिश्तेदार जो ख़ूब पिटता भी है। सिनेमा और गुल्ली-डंडे का आशिक़।*

बच्चे : *मुख़्तलिफ़ नाप और तोल के—सब पड़ोसियों के।*

स्टेज : *एक दरवाज़ा पीछे की तरफ़ और दो दाएँ-बाएँ।*

लिबास : *मामूली, मगर ऐसा भी नहीं कि स्टेज सूना मालूम हो।*

---

1. मौसेरी

पहला सीन

[दरम्यानी दर्जे का आम हिंदुस्तानी सजा-सँवरा कमरा। चाँदनी और क़ालीन के अलावा दो-तीन आराम-कुर्सियाँ, एक-आध चौकी और स्टूल, एक दरवाज़ा पीछे, दो दोनों तरफ़ यानी एक दाएँ और एक बाएँ, बीचों-बीच फ़र्श पर इला बी सीने-पिरोने का सामान रखे कुछ सीने में मशग़ूल हैं। ज़ुहरा दाहिने दरवाज़े से एक स्वेटर बुनती हुई दाख़िल होती है। आकर कुछ बदमज़गी से आराम-कुर्सी पर बैठ जाती है। थोड़ी देर ख़ामोशी रहती है।]

ज़ुहरा : इला बी आप उसकी...बन्ने की हरकतें देखती हैं? उसने तो मेरा नाक में दम कर रखा है। जब देखो तब कोई न कोई आफ़त मचाए रखता है। मेरे कमरे में जाता है तो सारी चीज़ें उलट-पुलट कर देता है। कहो भई मेरी चीज़ों से क्या वास्ता, मगर नहीं वो तो मेरा ही अलबम बैठकर देखेगा, मेरी ही कॉपियों से पर्चे फाड़-फाड़ कर लिखे जाएँगे, मेरे ही साबुन से थूथनी धोई जाएगी, मेरी ही सुराही से पानी पिएगा।

इला बी : ओई! ज़रा तुम्हारी सुराही में से पानी पी लेता है तो बस मर गईं।

ज़ुहरा : *(तुनक कर)* मर गईं! और जो मेरी कॉपियों का सत्यानास लगाए तो? मेरी चप्पल में अपना फावड़े जैसा पैर डाल-डाल कर तोड़ डाले तो? मेरी क्यारियों में जान कर पैर रख दे तो? और मेरी दरी पर मिट्टी सने जूते रखे तो? एक बात हो तो कहूँ। इला अम्मा तुम तो उसकी ही तरफ़दारी करती हो। तुमसे कुछ कहना तो उलटी डाँट सुनना है।

इला बी : बेटी वो ज़रा लापरवाह है। क्या हुआ वो ज़रा तुझे छेड़ता है। तुम हो कि नाक पर मक्खी नहीं बैठने देती। बात-बात पर नाची जाती हो।

ज़ुहरा : वो लापरवाह है तो मैं क्या करूँ। वो 'ज़रा' छेड़ता है कि मुझे खाए लेता है। मेरा तो बात करना दूभर है।

इला बी : तू भी उसे ऐसी बातें सुनाती है कि बस तौबा ही भली।

ज़ुहरा : और फूहड़ इतना कि सारे कमरे में बस जूते टोपियाँ फैली पड़ी रहती हैं। क़मीज़ें हैं तो वो चारपाई के नीचे, अचकनें हैं तो वो चारपाई के नीचे, किताबें हैं तो फ़र्श पर मारी फिरती हैं और मेज़ पर ख़ुदा जाने कहाँ का कबाड़ लदा रहता है। मुझसे तो साफ़ नहीं

होता उसका कमरा।

[क़रीब के कमरे से पैरों की चाप और सीटी की आवाज़ सुनाई देती है। ज़ुहरा ग़ौर से कान लगाकर सुनती है, छन से किसी बर्तन के टूटने की आवाज़ आती है। ज़ुहरा चौंक कर हज़ारों शिकनें चेहरे पर डाल लेती है। ...दरवाज़े में बन्ने एक टूटे हुए गुलदान के टुकड़े लिए हुए आता है। चेहरे पर बनावटी ख़ौफ़ और दबी हुई हँसी के जज़्बात, आँखें चिढ़ाकर कंधों को झटका देता है और गुलदान के टुकड़े आहिस्ता से ज़ुहरा की कुर्सी के पास रख देता है और हाथ पीठ पर रख कर खड़ा हो जाता है। गोया कोई बड़ा अच्छा काम करके लाया है और वो दाद का तालिब है।]

ज़ुहरा : अब देख लो इला बी। अब भी मुझको इल्ज़ाम दोगी? बन्ने! ये मेरा गुलदान कैसे टूटा?

बन्ने : *(क़रीब कुर्सी पर बैठते हुए)* अजब जाहिलाना सवाल है। कैसे टूटा। हूँ! अरे कैसे टूटता है! अरे मैं ज़रा इधर हटा और ये आप ही आप आन पड़ा।

ज़ुहरा : आप ही आप आन पड़ा। अब गुलदान के भी पैर हो गए! आख़िर तुम मेरे कमरे में गए ही क्यों थे?

बन्ने : तुम्हारे कमरे में यूँ ही गए थे। ज़रा तुम्हारा क़लम लेना था।

ज़ुहरा : मेरा क़लम! तुम्हें मेरा क़लम लेने का क्या हक़!

बन्ने : *(निहायत सुकून से कुर्सी पर फैलते हुए)* हक़-वक़ तो हम जानते नहीं। हमें ज़रूरत होगी तो हम तुम्हारी ही चीज़ें लेंगे। हमारा क़लम खो जो गया।

ज़ुहरा : तुम्हारा क़लम खो गया तो क्या मैंने खो दिया?

बन्ने : फिर वही कूढ़-मग़ज़ी! अरे तुमने खोया मैंने खोया या कुत्ते-बिल्लियों ने खोया...क़लम तो खो गया।

ज़ुहरा : ये ख़ूब ज़बरदस्ती है।

बन्ने : क्या किया जाए, मजबूरी है।

ज़ुहरा : *(भन्ना कर)* अब इला बी चुपकी बैठी हो। हाँ कह दो कि मेरा ही क़ुसूर है। *(रोनी सूरत बनाकर स्वेटर बुनने लगती है)*

इला बी : नहीं मानेगा बन्ने। सच तो है तू बहुत दिक़ करता है।

बन्ने : अरे इला बी आप इसे नहीं जानतीं। ये क्या मुझे कम दिक़ करती है। घुन्नी है घुन्नी, वरना ये वो धामन है जिसके काटे का मंतर ही नहीं।

इला बी : बस ज़रा-सी बात में रो देती है।

ज़ुहरा : *(वाक़ई रो कर)* देख लो। इला बी तो मुझे ही इल्ज़ाम देंगी *(स्वेटर और सिलाइयाँ पटक देती है और साड़ी के आँचल से आँखें मलने लगती है। बन्ने चुपके से स्वेटर में से सिलाइयाँ खींच लेता है और आहिस्ता-आहिस्ता उधेड़ने लगता है।)*

बन्ने : *(प्यार से)* ऐ ज़ुहरा देखो तो तुमने कैसा ख़राब बुना है। सारा उधड़ा जा रहा है।

ज़ुहरा : *(स्वेटर छीन कर)* हाय अल्लाह! अरे कमबख़्त ये आख़िर सिलाइयाँ क्यों निकाल दीं। इतनी मुश्किल से तो बुना और...

बन्ने : क्या...आ...इतनी मुश्किल से बुना...लाओ इससे अच्छा तो मैं बुन दूँ। शमीम ऐसा अच्छा बुनती है कि तुम तो मर के भी न बुन सको।

ज़ुहरा : बी इला अम्मा मेरी तो ज़िंदगी इस घर में हो चुकी। या तो बन्ने रहेगा या मैं ही रहूँगी...।

बन्ने : *(मुँह चिढ़ा कर)* बन्ने ही रहें या मैं। अरे हमें ख़ुद हर वक़्त फ़िक्र रहती है कि किसी तरह तुम्हारा मुँह काला करें। मगर कोई आँख का अंधा क़बूले जब तो। ऐसी फूहड़ लड़ाकू लड़की से कौन ब्याह करेगा। मुई हाथ भर की ज़ुबान *(इला बी की आवाज़ की नक़ल करके)* जिस घर में जाएगी, आग लगा देगी। ज़रा-ज़रा सी बात पर तन-तन-तन-तन। *(ज़ुहरा बड़बड़ाती-झल्लाती, जल्दी से उठ कर चली जाती है और धड़ से दरवाज़ा बंद कर लेती है।)*

बन्ने : तोड़ डालो बन्नो...अब दरवाज़े की चूलें भी उतार डालो।

इला बी : *(मुहब्बत भरी नाराज़गी से)* ऐ बन्ने क्यों उसे खाए लेता है!

दूसरा सीन

[बन्ने का कमरा, काहिली और फूहड़पने का बेहतरीन नमूना। कमरा क्या है अजायब-ख़ाना है...एक पलंग, दो-तीन कुर्सियाँ, दो-तीन मेज़ें बेतरतीबी से अड़ी हुई हैं। पलंग पर मालूम होता है कुत्ते लोट कर गए हैं। इसके अलावा और बहुत-सी ग़ैर-ज़रूरी चीज़ें जैसेकि हथोड़ी, कीलें, मैले मौज़े, अचकन, काग़ज़, चाय की प्याली, गिलास, माचिस, यहाँ तक कि पालिश की डिबिया और दाँतों का

ब्रश बेतरतीबी से बिखरे हुए हैं। किताबें मेज़ पर इस तरह एक-दूसरे से दस्तो-गिरेबाँ हैं कि गोया अभी-अभी उनमें जान थी और बरसरे-पैकार[1] थीं। बहुत-सी कापियाँ और किताबें आधी खुली पड़ी हैं। सारे फ़र्श पर जूते और चप्पलों का अंबार पड़ा है। एक कोने में अँगीठी और चाय बनाने का सामान रखा है। आसार से मालूम होता है कि रात के आख़िरी हिस्से में चाय बनाकर पी गई है। कुछ जले हुए काग़ज़ कमरे में बिखरे हैं। आधा जला हुआ काग़ज़ अँगीठी में अब तक ठुँसा है। पास ही एक मग में काँटा छुरी खड़े हैं। ज़ुहरा कमरे में ज़रा हिचकिचाती हुई दाख़िल होती है। हिक़ारत और परेशानी के जज़्बात चेहरे से ज़ाहिर हैं। सब चीज़ों पर एक परेशानी भरी नज़र डालती है। समझ में नहीं आता कि किधर से कमरा साफ़ करना शुरू करे। कुर्सी पर लिहाफ़ इस तरह खुला हुआ है जैसे कोई सर्दी से बचने के लिए उसका घोंसला-सा बनाकर बैठा था और अभी उठ कर गया है, उसे उठाती है मगर फिर कुछ न समझ कर रख देती है]

ज़ुहरा : ऊँह! *(परेशानी और थकी हुई नज़रों से पलंग को देखती है)* भला कोई कैसे सफ़ाई करे जब इंसान की रूह ही गंदी हो।

[किताबों की मेज़ पर से दो-एक चीज़ें उठाती है फिर रख देती है। पलंग पर से भारी चस्टर उठाती है। उसमें लिपटी हुई चादर खिंचती चली आती है और बहुत-सी पेंसिलें, डिबियाँ, दिया-सलाइयाँ झड़ने लगती हैं। एक छिपकली फुदक कर दीवार पर जा बैठती है। ज़ुहरा एकदम डर जाती है 'अरे' करके पीछे हटती है, बन्ने आता है।]

बन्ने : *(चिंघाड़ता है)* अ...च्छा...पकड़ी गईं न आज। अरे जभी मैं कहूँ ये मेरी चीज़ें कौन उड़ा ले जाता है। कल मेरी सारी शक्कर कोई खा गया। मैं समझा चूहे हैं और आज पता चला कि जनाब हैं...दो टाँगों की चुहिया।

ज़ुहरा : होश में रहना। एक तो मैं कमरा साफ़ करने आई और...

बन्ने : ए ये एक-दो तो मुझसे न चलेगी। सीधी तरह मेरी चीज़ें लाइए।

ज़ुहरा : भाड़ में जाएँ तुम्हारी चीज़ें, मैं क्या जानूँ।

बन्ने : भाड़ में जाओ तुम ख़ुद। लो साहब एक तो चीज़ें ग़ायब, ऊपर से गुर्राना। मगर ये तो बताओ कि जब मैंने तुम्हें मना कर दिया है

---

1. युद्धरत

कि ख़बरदार मेरे कमरे में क़दम न रखना वरना टाँगें तोड़ दी जाएँगी तो...

ज़ुहरा : चुप बदतमीज़, बढ़ते ही चले जाते हैं। आएँ कहीं से टाँगें तोड़ने वाले। मैं क्यों आती, इला बी ने भेजा कि ज़रा कमरा साफ़ कर लो मेहमान आ रहे हैं। कमरा तुम्हारा हबूड़ों से बदतर। तुम्हारी चीज़ों की जैसे मैं बड़ी भूखी हूँ ना।

बन्ने : अब तुम्हारी बला से हमारा कमरा जैसा भी है और चीज़ों का क्या कहूँ, लोगों ने कमरा साफ़ करने के बहाने से झाड़ू ही फेर दी।

ज़ुहरा : मुझे ग़रज़ पड़ी है जो मैं साफ़ करूँ *(जाने लगती है।)*

बन्ने : चलीं कहाँ...जनाबे-आली पहले मेरी चीज़ें...और ये कमरे की जो रेड़ लगाई है वो तो पहले ठीक कीजिए...वरना...

ज़ुहरा : वरना? वरना? तुम क्या कर लोगे? बेहूदा कहीं के...

बन्ने : जानती हो मेरा ग़ुस्सा बुरा है।

ज़ुहरा : *(हँस कर)* बड़ा जनाब का ग़ुस्सा। होश में ज़रा।

बन्ने : अच्छा अब दाँत मत निकालो। झाड़ू सँभालो और काम शुरू करो चुहिया..

ज़ुहरा : बदतमीज़ *(थप्पड़ उठाती है... बन्ने डर कर पीछे हटता है, मेज़ पर गिलास लुढ़क कर टूट जाता है।)*

बन्ने : तोड़ डाला ना!

ज़ुहरा : मैंने तोड़ा है?

बन्ने : नहीं, बेगम साहिबा तुमने काहे को तोड़ा। आख़िर तुम मेरे कमरे में आई ही क्यों?

ज़ुहरा : तो मैं दाम दे दूँगी, कितने का था?

बन्ने : कितने का था बड़ी दाम देंगी। ले के एक तो सारे कमरे को खोद कर डाल दिया और ऊपर से सारी चीज़ें तोड़ डालीं।

ज़ुहरा : मैंने बिगाड़ा है तुम्हारा कमरा?

बन्ने : और नहीं तो क्या ऐसा था? ऐसा? *(कमरे की चीज़ों की तरफ़ इशारा करके)* ऐसे सामान फैला था? भला कोई आदमी ऐसे कमरे में रह सकता है।

ज़ुहरा : *(हँसकर)* तुम आदमी हो कब, जानवरों से बदतर हो।

बन्ने : अच्छा कमरा तो साफ़ करो।

ज़ुहरा : नहीं करते।

बन्ने : *(बड़ी नर्मी से)* फिर मेहमान जो आएँगे तो इला बी क्या कहेंगी।

ज़ुहरा : कहने दो। मैं कह दूँगी तुम लड़ते हो।

बन्ने : अच्छा, अब नहीं लड़ेंगे। बस वो पलंग साफ़ कर दो। बाक़ी मैं कर लूँगा।

ज़ुहरा : और फिर चोरियाँ लगाना।

बन्ने : नहीं, बस वो पलंग और ये मेज़ अब कुछ नहीं कहेंगे।

ज़ुहरा : पलंग मैं नहीं छुऊँगी उसमें छिपकली है।

बन्ने : क्या छिपकली तुम्हें निगल जाएगी? ये तुम सब छिपकली से क्यों डरती हो?

ज़ुहरा : *(मेज़ पर से किताबें उठाते हुए)* हमें गंदी लगती है।

बन्ने : गंदी लगती है, तुम से तो साफ़ ही है। सब लड़कियों को गंदी लगती है?

ज़ुहरा : हमें डर भी लगता है।

बन्ने : आए-हाए रे डर...कुछ फ़ैशन ही है। सारी लड़कियाँ छिपकली से डरना फ़र्ज़ समझती हैं। बृजेश भी डरती है, सुल्ताना का भी छिपकली से दम निकलता है, रज़िया भी मरी जाती है।

ज़ुहरा : वाह-वाह फ़ैशन क्यों होता। वो होती ही गंदी है।

बन्ने : *(एक काला काग़ज़ का टुकड़ा ज़ुहरा पर डालकर)* लो।

ज़ुहरा : *(डर कर पीछे हटती है)* वाह क्या मैं डरती हूँ!

[दोनों ख़ामोशी से कमरा साफ़ करते हैं। बन्ने सिर्फ़ चीज़ें उलट-पुलट करता हैं कभी किताब खोलकर पढ़ने लगता है। कूड़ा इस तरह झाड़ता है कि सब ज़ुहरा पर पड़े। फिर मुस्कुरा कर 'अरे मुआफ़ करना' कह देता है। ज़ुहरा कुछ नहीं समझती। बोझल-बोझल कोट और लिहाफ़ तह कर रही है।]

बन्ने : ये मेहमान कौन आ रहे हैं ज़ुहरा?

ज़ुहरा : मालूम नहीं, कोई मेरठ से आ रहा है।

बन्ने : *(थोड़ी देर सोचता है)* क्या औरतें भी हैं? *(फट-फट करके किताबें ज़ुहरा की तरफ़ झाड़ता है।)*

ज़ुहरा : ऊहूँ...भई...हाँ औरतें भी हैं।

बन्ने : अरे ये कौन लोग आ रहे हैं?

[ज़ुहरा ख़ामोश चुटकी से गंदे मौज़े उठाकर टोकरी में डालती है।]

बन्ने : क्या मर्द भी हैं?

ज़ुहरा : हाँ भई, दिमाग़ चाट गए।

बन्ने : *(ख़ामोश कुछ सोचता है)* अच्छा...आ...आ...अब समझे जनाब के

देखने को आ रहे हैं। अरे जभी दौड़-दौड़ कर कमरे साफ़ हो रहे हैं।

ज़ुहरा : भई मैं चली जाऊँगी अगर तुमने बदतमीज़ी की तो...

बन्ने : बला से चली जाओ। कोई मेरी ससुराल से आदमी थोड़ी आ रहे हैं जो इतरा-इतरा कर अपना सुघड़ापा दिखाऊँ।

ज़ुहरा : ख़ाक पड़े, मुझे क्या पड़ी है जो... *(किताबें पटक कर चल देती है)*

बन्ने : हूँ, तो ये कहो मेहमान आ रहे हैं... *(थोड़ी देर कमरे के चारों तरफ़ नज़र डालता है)* सच कहती है ज़ुहरा हबूडे ही ऐसे कमरे में रहते हैं। अच्छा *(जल्दी-जल्दी साफ़ करने की कोशिश करता है और दरवाज़े में से छोटे-बड़े आठ-दस बच्चों का गिरोह दिखाई देता है।)*

बच्चे : बन्ने भैया! आ...हा...।

[बन्ने ज़ोर से हँसता है। बच्चे अंदर आकर उससे लिपट कर गिराने की कोशिश करते हैं, सबको तकिये से बेतरह धुनता है। बच्चे ख़ुश ख़ुश हँसते रहते हैं।]

तीसरा सीन

[ज़ुहरा का कमरा। निहायत सलीक़े से साफ़-सुथरा। कमरे में ज़मीन के फ़र्श के अलावा मेज़-कुर्सियाँ सलीक़े से रखी हैं। एक झूलेदार कुर्सी पर ज़ुहरा आगे-पीछे झूल रही है। अख़बार को बेतवज्जुही से छूती जाती है। दरवाज़े में बन्ने उटंग-सा कोट पहने बच्चों की फ़ौज के साथ झाँक रहा है। बन्ने होंठों पर उँगली रखे ख़ामोशी का इशारा करके आहिस्ता-आहिस्ता झाँकता है, बच्चे हँसी रोकने के लिए दोनों हाथों से नाक और मुँह बंद किए हुए हैं। दो-तीन बच्चे खों-खों हँसते हैं। ज़ुहरा मुड़कर देखती है तो सब भाग जाते हैं सिर्फ़ बन्ने छत को इस अंदाज़ से देखने लगता है गोया ख़ास तौर पर छत देखने के लिए ही आया है। ज़ुहरा एक दफ़ा छत की तरफ़ देखती है और अख़बार पढ़ने लगती है, बच्चे वापिस आ जाते हैं। बन्ने एक बच्चे को आगे जाने का इशारा करता है, बच्चा दोनों हाथ हिलाकर इंकार करता है, बन्ने हाथ झटक कर उसे बुज़दिल बताता है। एक पतली-सी लंबी-सी लड़की ऊँची-ऊँची फ़्रॉक पहने अपनी ख़िदमात पेश करती है। बन्ने शाबाशी देकर आगे भेजता है।

लड़की डरी-डरी दो क़दम बढ़ाती है, फिर लौट जाती है।]

लड़की : *(चुपके से)* मारेंगी।

बन्ने : *(इशारे से)* नहीं, हम जो हैं।

लड़की : *(दिलेरी से आगे आकर)* पीटू ख़ाँ की दुल्हन सलाम *(तेजी से भाग कर दूसरे बच्चों से टकरा जाती है।)*

[ज़ुहरा अपनी जगह पर तिलमिला कर रह जाती है, ज़रा कुर्सी को तेज़ जुंबिश होती है। वक़ार क़ायम है। सब बच्चे और बन्ने अंदर दाख़िल होते हैं और अजीब बेतुकी क़तार में खड़े होकर]

सब बच्चे : पीटू ख़ाँ की दुल्हन, सलाम!

ज़ुहरा : निकल जाओ मेरे कमरे से *(ज़रा सी हँसी आती है जिसे वो दबाने की कोशिश करती है। सब बच्चे एक घेरा बनाकर उसके चारों तरफ़ घूमते हैं। बच्चे चीं-चीं करके चिल्लाते हैं सिर्फ़ 'पीटू ख़ाँ' और 'दुल्हन' सुनाई देता है।)*

ज़ुहरा : *(निहायत जमे हुए क़दमों से आगे बढ़ती है। सारी भीड़ छँट जाती है, बन्ने एक कोने में बुत बन कर सहम कर खड़ा हो जाता है। ज़ुहरा दीवार पर से रॉकेट उतारती है और उसे ज़रा मज़बूती से तौलती है।)* हूँ...अब कहिये ज़रा, क्या कह रहे थे तुम लोग? *(बन्ने बन कर और कोने में दुबक जाता है और डरी हुई नज़रों से बच्चों को और कभी ज़ुहरा को और कभी बल्ले को देखता है। बच्चों के मुँह ख़ुश्क)* ज़ोर से बोलो क्या कह रहे थे?

बच्चे : *(मिनमिनी सहमी हुई आवाज़ में)* हम तो...हम तो कुछ भी नहीं...रहे थे...बन्ने भैया हमें लाए हैं और...

ज़ुहरा : और-वौर कुछ नहीं। ये तुम कह रहे थे *(घटा-घट बल्ले बच्चों के सर पर जमाती है। सब ख़ुशामद करने लगते हैं)* नहीं, और कहो *(और बल्ले मारती है।)*

बच्चे : *(एक कोने में घिर जाते हैं)* तौबा! अब कभी नहीं।

ज़ुहरा : काहे सब कहो...बन्ने भैया उल्लू, गधे, पाजी!

बच्चे : *(डरकर कभी बन्ने को कभी बल्ले को देखते हैं)* बन्ने भैया...अम...अम...आँ...वो...

ज़ुहरा : *(फिर बल्ले लगाती है)* बोलो!

बच्चे : पाजी!

बन्ने : बेचारी को पाजी कह रहे हैं।

ज़ुहरा : *(फिर बल्ले लगाती है)* कहो बन्ने भैया...उल्लू...गधे...पाजी...।

बच्चे : *(डरते-डरते)* बन्ने भैया...उल्लू...गधे...पाजी!

ज़ुहरा : चलो निकलो *(बच्चे भागते हैं)* निकलो बन्ने तुम! निकलो भी। वरना ख़ुदा की क़सम बड़े ज़ोर से मार दूँगी।

बन्ने : अरे बाप रे! मगर सुनो तो...

ज़ुहरा : कुछ सुनो-वुनो नहीं। बस चल दीजिए वरना लगा बल्ला।

[बन्ने सिकुड़ता-दबता फू-फू आवाज़ मुँह से निकालता बाहर चला जाता है मगर दरवाज़े के पास खड़ा रहता है। एक सिगरेट निकाल कर सुलगाता है। दबे पाँव पीछे से आकर ज़ुहरा के मुँह पर धुआँ छोड़ता है।]

ज़ुहरा : *(खाँसती है)* ऊँह...फिर...निकलो। भई बन्ने निकलो मेरे कमरे से, ऊहूँ सारा कमरा बदबू से सड़ गया।

बन्ने : अफ़्फ़ोह रे दिमाग़ और वो जो *(गाल फुलाकर बड़ी-सी तोंद हाथ फैलाकर इशारा करता है)* वो जो दिन भर ई.आई.आर. का इंजन बने रहते हैं *(स्टूल खींच कर ज़ुहरा के पास बैठ जाता है)* सच कहता हूँ ज़ुहरा ऐसा बदकार इंसान तेरे पल्ले पड़ने वाला है कि हद नहीं। ये तोंद, ये फैली-फैली मूँछें जैसे किसी ने बोतल धोने का ब्रश दाँतों में दबा लिया हो। गर्दन तो बिलकुल हाथी की-सी है और पैर ये बड़े-बड़े...बस ये समझ लो कि कल्लू पहलवान बैठा हुआ है। *(ज़ुहरा भवें सिकोड़ कर हँसती है।)*

बन्ने : सच कहता हूँ, और एक बीवी और दो बच्चों का पहले ही से मालिक है। अच्छा है, बच्चे तो ख़ूब ठोंकने को मिलेंगे, मगर रुपया बहुत है। गहरे रहेंगे तुम्हारे तो... *(ज़ुहरा कुछ जवाब नहीं देती)*।

बन्ने : उसकी मौजूदा बीवी जाहिल है, तालीम-याफ़्ता चाहते हैं। सब बात तो ख़ैर हो गई, ये बच्चे तो बस थका देंगे...मैं कहता हूँ कि आख़िर इला बी ख़ुद उससे ब्याह क्यों नहीं कर लेतीं।

ज़ुहरा : हैं, हैं, बन्ने होश में ज़रा, दिमाग़ ख़राब हुआ है?

बन्ने : अरे तुम तो ख़ुद उस पेटू से शादी करने पर तुली हुई हो।

ज़ुहरा : मैं क्यों हूँ?

बन्ने : और फिर कौन है?

ज़ुहरा : मैं करूँगी ही कब?

बन्ने : इला अम्मा जो...

ज़ुहरा : कहने दो इला अम्मा को मगर...

बन्ने : अगर-मगर तुम्हारी क्या चलेगी। तुम बुज़दिल लड़कियों को और आता ही क्या है। या तो संखिया खाकर चूहे की तरह मर गईं या

अब नई रोशनी की दिल-दादा तालीमयाफ़्ता छोकरियों की तरह इधर-उधर निकल खड़ी हुईं। बात तो जब है कि लड़ पड़ो और कह दो कि इला बी उस बुड्ढे से तो आप ही कीजिए।

ज़ुहरा : चुप रहो बन्ने, क्या ग़ज़ब है! जूते खाने की दिल में है?

इला बी : *(दरवाज़े से)* अए ये कब से खाने के लिए बुला रही हूँ। बन्ने बाहर जाओ। डिप्टी साहिब के साथ खाना खा लेना। मैंने क़ादरी साहिब के यहाँ से खाने का सेट मँगवाया है और तुम्हारी मेज़ वहाँ बिछवा दी है। ज़रा सलीक़े से खाना।

बन्ने : भला क़ादरी साहिब के यहाँ से बर्तन मँगवाने की कौन-सी मार थी। अपने यहाँ जो ग़रीबाना बर्तन थे, काफ़ी न थे?

इला बी : वो बड़े फ़ैशनेबल हैं। अपने यहाँ सड़े हुए जापानी सेट हैं।

बन्ने : तो क्या हुआ। हमारे तो सेट जापानी हैं। और वो ख़ुद जापानी दुल्हा हैं। सोचने का मुक़ाम है कि नहीं? चालीस बरस की बीवी मौजूद, बच्चे मौजूद, साहिब दूसरी शादी कर रहे हैं।

इला बी : वो बूढ़े तो नहीं। लोग कहते हैं तीस से ज़्यादा के नहीं लगते। दूसरी शादी इसलिए कर रहे हैं कि बीवी जाहिल है।

बन्ने : ख़ूब! तो फिर पहले उस बदनसीब से की ही क्यों थी?

इला बी : अए हए वो कब करते थे। अब्बा ने ज़बरदस्ती कर दी। ऐन शादी के वक़्त बुलाकर निकाह करने को कहा। उन्होंने इंकार किया तो बोले आक़[1] कर दूँगा। बेचारे चुप हो रहे। सुना है बीवी उम्र में उनसे बड़ी हैं।

बन्ने : ये सब मक्कारी है और वो जो ज़ुहरा के बाप से भी बड़ा है तो आज कहता है बाप ने ज़बरदस्ती शादी कर दी थी, इसलिए दूसरी कर रहा हूँ।

इला बी : वाह! हम हक़ तलाक़ और पिछहत्तर हज़ार मेहर जो लिखवा लेंगे। मियाँ को ख़बर पड़ जाएगी।

बन्ने : ख़बर क्या पड़ जाएगी। क़ादरी साहिब की लड़कियों के यहाँ भी तो यही ढोंग रचा था। फिर मिल न गया उन्हें मेहर और तलाक़। लाख दावे करो और सारे में मशहूर हो गए।

इला बी : न जाने क्या बक रहा है। अच्छा-ख़ासा लड़का मिल गया है, भई हम लोग ऐसे रईस तो हैं नहीं जो कोई आसानी से हमारी लड़की से शादी कर ले। कोई ढंग का पैग़ाम नहीं आता। रुपया नहीं तो

1. ज़मीन-जायदाद से बेदख़ल

शहर भर में किसी को पता भी नहीं कि हमारी लड़की भी शादी के क़ाबिल है। अभी जो अमीर होते तो अच्छे-से-अच्छा लड़का मक्खियों की तरह आन गिरता। रुपया होगा तो फिर सब मिलेगा।

बन्ने : कुछ भी हो। मैं ज़रा आज डिप्टी साहिब से दो-दो बातें करूँगा। उन्हें ये शर्तें भी मालूम हैं?

इला बी : अए सब मालूम हैं। सब कुछ तय हो गया था। तारीख़ ठहराने आए हैं। उनकी बहन सब इंतिज़ाम कर रही हैं। पहली बीवी सौतेली माँ की बहन है, उन्होंने ज़बरदस्ती कर दी थी।

बन्ने : हट्टा-कट्टा पहलवान और ज़बरदस्ती शादी करवा ली। सब मक्कारी है।

इला बी : होगी। तुम पागल हो। उठो जाओ खाने के लिए मैं अभी भेजती हूँ।

बन्ने : *(उठता है)* ज़रा नहा-धो लूँ। *(जाता है)*

चौथा सीन

[साफ़-सुथरा लंबा कमरा। बीचों-बीच में एक मेज़ लगी है जिस पर बहुत लंबा-सा मेज़-पोश पड़ा है जिसने मेज़ के खुरचे हुए पायों पर पर्दा डाल दिया है। आमने-सामने दो दफ़्तर की कुर्सियाँ रखी हैं। बीच में एक शीशे का पचरंगा गुलदान रखा है, एक ऊँचा-ऊँचा-सा पाजामा और नीचा-सा कुर्ता पहने नौकर सीने पर हाथ लपेटे लापरवाही से एक पैर पर ज़ोर डाले खड़ा है। एक स्टूल पर सुराही और गिलास रखे हैं। बन्ने और उसके पीछे डिप्टी साहिब हाथ पोंछते दाख़िल होते हैं। बन्ने नौकर की उस टाँग पर जिस पर वो ज़ोर डाले है, एक चपरास लगाता है। नौकर हाथ फैलाकर तवाजुन[1] क़ायम करता है और 'अरे' कह कर पीछे हट जाता है। डिप्टी साहिब मुस्कुराते हैं। दोनों बैठ जाते हैं। खाना शुरू होता है।]

बन्ने : बात ये है डिप्टी साहिब, ये अन्नू हमारा नौकर नहीं बल्कि रिश्तेदार है, ज़रा फूहड़ क़िस्म का है बदतमीज़।

डिप्टी साहिब : *(होने वाले रिश्तेदार को ग़ौर से देखकर)* हूँ।

1. संतुलन

बन्ने : जाओ अन्नू ज़रा चाय उस रकाबी में ले आओ। सँभाल कर, टूटे नहीं। क़ादरी साहिब के बर्तन हैं। मेहमानों की वजह से मँगवाए हैं वरना हमारे यहाँ तो सड़े हुए जापानी बर्तन हैं। *(अन्नू सर खुजाता हुआ रकाबी ले जाता है।)*

डिप्टी साहिब : *(ग़रीबी के सबूत को नज़र-अंदाज़ करते हुए)* ये मकान जनाब का ज़ाती है?

बन्ने : ज़ाती कहाँ? हमारी ख़ाला है, उन्हीं के नाम है।

डिप्टी साहिब : हूँ!

बन्ने : आप ये चाहते हैं कि शादी जल्द ही अंजाम पा जाए। फिर आपको रुख़्सत मुश्किल से मिलेगी।

डिप्टी साहिब : जी हाँ, क़तई आपका ख़याल दुरुस्त है, मैं तो बहुत जल्द चाहता हूँ।

बन्ने : नहीं, मेरा मतलब है आपकी तो बीवी मौजूद है, फिर दूसरी शादी क्यों करने की ज़रूरत पेश आई?

डिप्टी साहिब : *(ज़रा सटपटा कर)* बात ये है कि वो ज़रा मेरे हिसाब की नहीं। जाहिल है, बिलकुल अनपढ़, मेरी हमख़याल नहीं।

बन्ने : लेकिन आपको ये केसे मालूम कि मेरी बहन आपकी हमख़याल होगी?

डिप्टी साहिब : वो...वो...तालीम-याफ़्ता है, समझदार है।

बन्ने : मगर वो आपसे तक़रीबन पच्चीस साल छोटी हैं। भला वो आपकी हमख़याल क्या होगी।

डिप्टी साहिब : *(घबराकर)* मेरा मतलब है वो आलिमा हैं, समझदार हैं। मेरी बीवी जाहिल है, उसके साथ मेरा गुज़र नामुमकिन है।

बन्ने : मेरी बहन बहुत बदमिज़ाज और लड़ाका है। उसे ज़रा-सी बात भी बर्दाश्त नहीं होती। आपसे अब क्यों छुपाया जाए, ज़रा-ज़रा सी बात पर रो देती है।

डिप्टी साहिब : मुझे उनके ख़िलाफ़ कभी कुछ कहने की ज़रूरत न होगी। दूसरे अगर वो दो बातें बेजा कहेंगी तो मैं बर्दाश्त कर लूँगा।

बन्ने : मुआफ़ कीजिएगा डिप्टी साहिब, आप इस वक़्त ज़रा रोमांटिक हो रहे हैं। ज़रा ग़ौर कीजिए अपनी अच्छी-ख़ासी ज़िंदगी में क्यों काँटे बो रहे हैं। घर का सुकून ग़ायब हो जाएगा। छोड़िए इस बेहूदा ख़याल को। आपको शर्तें भी मालूम हैं। हक़े-तलाक़ और पिछहत्तर हज़ार मेहर।

डिप्टी साहिब : जी मुझे सब मंज़ूर है।

बन्ने : क्या कभी आपको ये भी ख़याल आया है कि कहाँ से आप इतना मेहर लाएँगे और जब तलाक़ ही देना है तो शादी क्यों कर रहे हैं?

डिप्टी साहिब : मैं आपका मतलब नहीं समझा।

बन्ने : यूँ लीजिए। अब फ़र्ज़ कीजिए। शादी के चौथे रोज़ ज़ुहरा आपको तलाक़ दे दे और मेहर का दावा कर दे तो?

डिप्टी साहिब : *(सटपटाकर)* जी आख़िर बेवजह क्यों?

बन्ने : बेवजह क्यों। उसकी शादी उसकी मर्ज़ी से नहीं की जाएगी। लिहाज़ा वो यही वजह बता सकती है कि चूँकि बुज़ुर्गों ने ज़बरदस्ती की थी लिहाज़ा अब मैं दूसरी करना चाहती हूँ।

डिप्टी साहिब : लाहौल विला क़ुव्वत! ये कहीं शरीफ़ घरानों में हुआ करता है।

बन्ने : इसमें क्या बुराई है? आजकल बहुतेरे ऐसे वाक़ियात सुनने में आते हैं। अच्छा अगर मैं ज़ुहरा को ज़बरदस्ती आपके यहाँ जाने से रोक लूँ और तलाक़ दिलवा दूँ?

डिप्टी साहिब : ज़बरदस्ती, ये कैसे?

बन्ने : ये ऐसे ही जैसे कि हम अब कर रहे हैं कि ज़बरदस्ती उसकी शादी आपसे कर रहे हैं।

डिप्टी साहिब : मुझे आप लोगों पर पूरा भरोसा है और कभी किसी बुरे बर्ताव की उम्मीद नहीं।

बन्ने : मुआफ़ कीजिएगा डिप्टी साहिब! आप बड़े भोले हैं। हम लोग इतने बेवक़ूफ़ नहीं, जितना आप समझते हैं। देखिए ना ये सेट हमने आपके ऊपर रौब डालने के लिए क़ादरी साहिब से मँगवाया है और ये मेज़ मेरे पढ़ने की है। हम लोग तो अमूमन तख़्त पर या चारपाई पर बैठ कर खा लेते हैं। चिड़ा फाँसने के लिए फटकी लगानी पड़ती है...अरे आप तो बैठे हुए हैं। अरे साहिब खाइये ना।

डिप्टी साहिब : *(जो हद से ज़्यादा खिसियाने और परेशान हो रहे हैं)* मैं तो आप लोगों को ऐसा न समझता था।

बन्ने : कहा ना मैंने आप सीधे-सादे भोले-भाले आदमी हमारे हथकंडे क्यों समझें। खाइये ना।

डिप्टी साहिब : *(नीची नज़रों से)* मैं चार बजे की गाड़ी से चला जाऊँगा।

बन्ने : अरे आप तो बातों ही बातों में बिगड़ बैठे। अजी हज़रत कल इतवार है, शिकार को चलिएगा। क़ादरी साहिब से बंदूक़ माँग लेंगे। *(क़हक़हा लगाता है)*

डिप्टी साहिब : *(खिसियानी हँसी से)* जी नहीं। हाँ...वो ज़रा मुझे भी काम है।

पाँचवाँ सीन

[दो साल बाद बन्ने का कमरा वैसा ही गंदा और उजड़ा, फ़र्क सिर्फ़ इतना है कि ज़रा क़ीमती और बेहतर सामान बेतरतीबी से बिखरा हुआ है और चाय का सामान नहीं, न ही किताबें नज़र आती हैं। बन्ने सफ़ेद पैंट, सुर्ख़ कोट पहने टेनिस का बल्ला हाथ में लिए टहल रहा है।]

बन्ने : पी. सी. एस. *(ज़ोर देकर अल्फ़ाज़ दोहराता है)* इन अल्फ़ाज़ में भी कैसा जादू है। एक बंदर को भी तीन नन्हे-मुन्ने अल्फ़ाज़ इंसान बना देते हैं। अभी कल की बात है, बन्ने ख़ाँ को लोग खिलंदड और फक्कड़ समझते थे। मगर आज तो जैसे जो दबदबे बन्ने ख़ान के हैं वो राजा के नहीं। *(कमरे की बेतरतीबी पर नज़र डाल कर)* सच कहती है ज़ुहरा। वाक़ई हबूड़ों की तरह रहता हूँ।

इला बी : *(दरवाज़े से दाख़िल होकर)* बन्ने क्या कर रहे हो। ऊई ज़रा कमरे की सूरत तो देखो। ख़ैर से अब बड़े आदमी हो गए हो। बैरा रखो।

बन्ने : इला बी हम तो इस गंदे कमरे में ही मगन हैं, आपका जी चाहे जिसे रखिए।

इला बी : *(संजीदगी से कुर्सी पर बैठते हुए)* अब घर वाली ख़ुद ही जिसे चाहेगी रखेगी। हाँ बन्ने वो तुमने उस बात का जवाब नहीं दिया। मैं जज साहिब से क्या कहूँ?

बन्ने : कौन जज साहिब?

इला बी : वही, क्या नन्हे-मुन्ने बने जाते हो, अए वही उन्होंने अपनी लड़की के लिए कहलवाया था। उन्हें एक अच्छे लड़के की अरसे से तलाश है।

बन्ने : नया-नया काम है, मुझे इतनी फ़ुरसत कहाँ कि जज साहिब के लिए लड़का ढूँढ़ता फिरूँ।

इला बी : अए कुछ तुम्हारा दिमाग़ तो नहीं चल गया है! अरे पगले वो तो तुम्हारी तरफ़ इशारा है।

बन्ने : *(सीने पर उँगली रख कर)* ख़ाकसार की तरफ़ *(बनावटी हँसी हँस कर)* हैं, हैं, हैं, ओ हो बड़ी इनायत...मगर मुझसे तो वो कई बार

मिले, कभी ज़िक्र तक नहीं किया।

इला बी : अए तो क्या ख़ुद आन कर तुमसे कहते कि मेरी लड़की क़ुबूल लो।

बन्ने : तो इसमें क्या बुराई है? हमारे डिप्टी साहिब ही को लो। ज़ुहरा के लिए सब कुछ तय करके ख़ुद ही आए थे।

इला बी : अए तो वो और बात थी। लड़की का पैग़ाम लेकर कोई नहीं दौड़ता।

बन्ने : क्यों नहीं! अपने लिए तो और बात हुआ ही करती है। लड़की के लिए पैग़ाम लेकर जाते लाज नहीं आती है। बुढ़ापे में ख़ुद अपने लिए दुल्हन ढूँढ़ते नहीं शर्माते।

इला बी : तुम तो झक्की हो।

बन्ने : झक्की सही, उन्हें ग़रज़ पड़ी हो आएँ और पैग़ाम दें।

इला बी : और तुम इंकार कर दो।

बन्ने : इसमें क्या बुराई है। बेचारे डिप्टी साहिब क्या अपना-सा मुँह लेकर गए थे।

इला बी : अए चल बैठ। उनकी जूती को भी ग़रज़ नहीं पड़ी है जो...

बन्ने : जी हाँ, क्यों पड़ने लगी थी। कोई अपना निकाह थोड़ी है कि दौड़-दौड़ कर ससुराल जाएँ और जूतियाँ चाटें।

इला बी : बन्ने न जाने तू कैसी बातें करता है। अच्छा नसीम साहिब की लड़की, वो तो तालीम-याफ़्ता है। ख़ुद नसीम साहिब ने मुझसे कहलवाया।

बन्ने : कैसी लड़की है?

इला बी : अए अच्छी है। रुपया बहुत है, एक लड़की है।

बन्ने : शक्ल-सूरत?

इला बी : आदमी का बच्चा है।

बन्ने : ये तो मुझे भी मालूम है कि बिल्ली का बच्चा नहीं है, मगर फिर भी?

इला बी : सूरत तो ज़रा वैसी है मगर है बड़ी सलीक़े-मंद...दौलत बहुत है।

बन्ने : ये 'जरा वैसी' से क्या मतलब? साफ़ कहिए बदसूरत है। दूसरे मैं उससे मिलना चाहता हूँ। उसके मिज़ाज से वाक़िफ़ होना चाहता हूँ।

इला बी : अए मिज़ाज से तो तुम क्या वाक़िफ़ होंगे। तुम्हारे मिज़ाज की तो दुनिया में शायद ही कोई लड़की हो। मिलकर क्या करोगे?

बन्ने : अगर मेरे मिज़ाज की लड़की मिलना दुश्वार है तो फिर ज़रूरत ही क्या है कि शादी करूँ ही क्यों?

इला बी : तुम जानो भैया। मैं तो ज़ुहरा को लेकर देहली जा रही हूँ। करो ब्याह और चलाओ घर!

बन्ने : 'करो ब्याह और चलाओ घर' जैसें बीवी कोई डंडा है जिससे घर हाँका जाएगा। ख़ूब तंग कर मारा। इधर सरकारी नौकर हुए, उधर लोगों ने हमारी शादी की फ़िक्र में घुलना शुरू कर दिया। जिसे देखो चला आता है कि करो शादी गोया इन लोगों को हमारी बड़ी ही फ़िक्र है...और भी तो हैं ख़ुदा के बंदे, जिनको सिर्फ़ इसलिए शादी करने की इजाज़त नहीं कि वो नौकर नहीं।

इला बी : तुम जानो *(उठकर जाने लगती हैं)*

बन्ने : *(टहलते हुए)* लोगों ने 'शादी करो' मेरी चिढ़ मुक़र्रर[1] कर ली है। दरअस्ल मेरी नहीं, मेरी नौकरी की शादी की फ़िक्र है।

इला बी : ऊँह! *(जाती है)*

बन्ने : *(कुछ बेसुरे अंदाज़ में गुनगुनाता है और खूँटी पर से मफ़लर उतार कर आईने के सामने खड़े होकर लपेटता है। ज़ुहरा पीछे वाले दरवाज़े में नज़र आती है...वापिस जाना चाहती है लेकिन बन्ने रोकता है)* ठहरो ज़ुहरा, ज़रा ठहरो *(आगे बढ़ता है)* अंदर आ जाओ। तुम तो मेरे कमरे में आती डरती हो। गोया मैं काट ही खाऊँगा।

ज़ुहरा : *(अंदर आकर)* कौन आए, चोरियाँ जो लग जाती हैं।

बन्ने : *(ज़ोर से हँसता है)* अब थोड़ी चुराती हो। अब तो तौबा कर ली। लो कुर्सी पर बैठो। क्या ख़ातिर करें तुम्हारी?

ज़ुहरा : *(आराम-कुर्सी पर बैठ कर)* बस शुक्रिया।

बन्ने : ज़ुहरा तुम डिप्टिन क्यों न बन गईं?

ज़ुहरा : फिर सठियाने लगे!

बन्ने : *(मफ़लर लपेटते हुए)* मज़ाक़ से नहीं सच कहता हूँ। ज़ुहरा जब से नौकरी लगी है लोगों ने जान खा ली है कि ब्याह कर, ब्याह कर...अरे मेरी चिढ़ बन गई है 'ब्याह कर'। गोया मैं बूढ़ा हुआ जा रहा हूँ। *(आजिज़ होकर हाथ झटकता है)*

ज़ुहरा : तो फिर कर क्यों नहीं लेते?

---

1. घोषित

बन्ने : लो वो भी चले नसीहत करने! ज़ुहरा तुम्हें तो सचमुच ठोंक दूँगा।

ज़ुहरा : *(हँसकर)* तो इसमें चिढ़ने वाली कौन-सी बात है? सारे वक़्त लड़कियों के साथ घूमते-फिरते हो। कर क्यों नहीं लेते?

बन्ने : *(कुछ देर इधर-उधर देखता है)* किससे कर लूँ? कोई हो भी?

ज़ुहरा : क्यों? हमीदा में क्या बुराई है?

बन्ने : बड़े आदमी की लड़की है, बड़ी दिमाग़दार है।

ज़ुहरा : आइरस!

बन्ने : अरे वो कलूटी, तौबा करो! तुम न कर लो उसके भाई से?

ज़ुहरा : देखो बदतमीज़ी की नहीं है वरना मैं जाती हूँ।

बन्ने : अच्छा-अच्छा, अब नहीं, और बताओ।

ज़ुहरा : *(कुछ रुक कर)* गुलशन!

बन्ने : क्या थकी हुई। तुम्हारी पसंद है लाहौल विला क़ुव्वत!

ज़ुहरा : मिस मुनीर!

बन्ने : हटो, वो तो बिलकुल चपटी है।

ज़ुहरा : *(बिगड़कर)* कोई नहीं, ख़ासी है...तुम तो पागल हो चुके हो। क्या आसमान से हूर लाओगे!

बन्ने : हाँ ज़ुहरा। चाहता तो यही हूँ। *(ज़रा ग़ौर से ज़ुहरा को देखकर रुकते हुए)* मैं तो यही चाहता हूँ कि बड़ी अच्छी हो। *(छत की तरफ़ देखते हुए)* कैसे बताऊँ...बस बहुत ही अच्छी हो। बड़ी सलीक़े वाली, मेरे कमरे को साफ़ कर दे और हँसती रहे। *(ज़ुहरा को और ग़ौर से देखकर)* तुम...तुम...तुम...अच्छी नहीं *(मुस्कुराकर)* फूहड़ हो...लड़ाका और फूहड़ और ऊपर से चोर भी।

ज़ुहरा : *(बिगड़कर)* चुप बदतमीज़! मेरा नाम न लेना। *(बिगड़ कर खड़ी हो जाती है)*

बन्ने : *(नर्म आवाज़ में)* तुम्हारा नाम कब लेता हूँ...मैं तो...कहता हूँ कि तुम अच्छी नहीं। *(जल्दी से)* बिलकुल अच्छी नहीं। लड़ती हो, बात-बात पर काटने को दौड़ती हो।

[ज़ुहरा बड़बड़ाती हुई जल्दी-जल्दी, लंबे-लंबे क़दम रखती चली जाती है]

बन्ने : *(ज़ोर से एक मायूस-सी हँसी हँसता है)* बस बन्ने ख़ाँ...अब तो देख लिया। मगर ये भी कोई बात है *(ग़ुस्से से)* मैं आज इला बी से कह दूँगा कि अब के जो उन्होंने मेरी शादी का ज़िक्र किया तो सचमुच लड़ पड़ूँगा। ये नहीं देखती कि मेरा क्या क़सूर है *(सर*

खुजाता है) ज़ुहरा शायद कमरा साफ़ करने आई थी। *(छत की तरफ़ देखकर)* फूहड़ लड़ाका... *(हँसता है)*।

छठा सीन

[ज़ुहरा का कमरा, जैसाकि हमेशा रहता है बिलकुल साफ़ सुथरा। चौकी पर पैर लटकाए बैठी है। न मालूम क्या सोच रही है उठ कर मेज़ के पास जाती है, फिर लौट आती है, फिर जाती है।]

ज़ुहरा : *(पुकारती है)* अन्नू! ओ अन्नू!

अन्नू : क्या है? *(दरवाज़े में आता है)*

ज़ुहरा : *(कुछ सोचकर)* कुछ नहीं। ठहर यहाँ आ...तुझे क्या मालूम है बन्ने मियाँ कहाँ गए हैं?

अन्नू : क्लब। *(जाने लगता है)*

ज़ुहरा : ठहर! गधा सुनता ही नहीं, भागा जाता है।

अन्नू : तो कहिए ना, क्या है?

ज़ुहरा : तू जानता है क्लब?

अन्नू : हाँ...आँ...

ज़ुहरा : तो जा और चुपके से उनके कान में कह कि इला बी...नहीं-नहीं मेरी तबीयत ख़राब है, जल्दी चलिए।

अन्नू : अच्छा।

ज़ुहरा : कह के भाग आना। और जो सूअर तूने कहा कि मैंने भेजा था तो बहुत पीटूँगी।

अन्नू : अए लीजिए साहिब! भैया मैं नहीं बुलाता। वो वैसे ही मारते रहते हैं। *(जाने लगता है)*

ज़ुहरा : ठहर मैं कह रही हूँ नहीं मारेंगे तू जा। फिर सिनेमा के पैसे दूँगी।

अन्नू : अहा 'जंगल का जवान' आ रहा है, मगर भैया जूते जो पड़ेंगे।

ज़ुहरा : मेरा नाम मत लीजियो।

अन्नू : नहीं। *(जाता है)*

ज़ुहरा : *(थोड़ी देर परेशान बैठी रहती है)* अए नाहक़ भेजा...न जाने बन्ने क्या सोचेगा। मैंने बेकार ही भेजा...बन्ने क्या सोचेगा...ऊँह... *(ज़रा फ़िक्रमंद होकर बैठ जाती है।)*

इला बी : *(क़ैंची और एक कपड़ा लिए हुए आती है)* अए ज़ुहरा देखना इसमें

चोकोर गला ठीक रहेगा?

ज़ुहरा : *(बेध्यानी से)* हूँ।

इला बी : अए बी क्या ऊँघ रही हो। हूँ कर दिया। *(ग़ौर से कपड़े को देखकर)* लो भला। देखिए इसमें चोकोर गला क्या ख़ाक ठीक रहेगा!

ज़ुहरा : हूँ। देखूँ।

इला बी : हटो, क्या ख़ाक देखोगी! *(कुर्सी पर बैठ कर कपड़ा बेंतने लगती हैं)*

[थोड़ी देर ख़ामोशी रहती है।]

ज़ुहरा : अए इला बी! बन्ने को देखती हो कैसे उड़े-उड़े फिरते हैं। घर में बैठना तो क़सम है, जब देखो तब पार्टियाँ...

इला बी : और क्या घर में बैठा रहे। तेरी तो उससे घड़ी भर को नहीं बनती। आज क्या दो-तीन रोज़ से न जाने क्या बात है जो चुप है।

ज़ुहरा : मैं लड़ती हूँ?

इला बी : तू तो नहीं लड़ती पर चख़-चख़ तो हुआ करती है।

ज़ुहरा : मैं न बोलूँ तब भी वो तो लड़ते हैं। ख़ैर पहले भी तो लड़ते थे, ये बात न थी। अब तो दरअस्ल दोस्तों में घूमा करते हैं, घर में आने की फ़ुरसत कहाँ!

इला बी : घर में रहे तो बुराई, बाहर जाए तो बुराई। तुझे किसी तरह चैन नहीं। मैं कहती हूँ, तुझे क्या फ़िक्र पड़ गई।

ज़ुहरा : *(जल कर)* मुझे क्या फ़िक्र होगी *(थोड़ी देर बाद)* इला बी अब आख़िर देहली कब चलोगी?

इला बी : अए बन्ने का घर अकेला हो जाएगा। इसी मारे नहीं जाती। ज़रा इसका घर बस जाए तो चलूँगी। तुम्हारा दिल आज क्यों घबराने लगा?

ज़ुहरा : *(चिढ़कर)* आप बसाइए घर, मैं अकेली चली जाऊँगी। बन्ने की शादी के लिए मुझे क्यों ठहरना लाज़िमी हो! मैं अन्नू को लेकर चली जाऊँगी।

इला बी : अए ये बन्ने की शादी से तेरे क्यों मिर्चें लग गईं?

ज़ुहरा : *(बिगड़ कर)* मेरे क्यों मिर्चें लगतीं! ख़ाक पड़े, मुझे क्या!

इला बी : ख़ाक तेरे मुँह में लड़की, ख़ाम-ख़ाह जली मरती है।

ज़ुहरा : *(और जल कर रोनी आवाज़ में)* भई मुझे देहली भेज दीजिए।

इला बी : अए तुम तो पागल हो गई हो। *(उठकर चली जाती हैं)*

आवाज़ : *(बन्ने की)* ज़ुहरा! ज़ुहरा! आ कहाँ हो? *(ज़रा परेशान अंदाज़ से आता है)* अरे क्या सचमुच रो रही हो? अरे! या सिर्फ़ धोखा...

ज़ुहरा : *(रोते हुए)* इला बी ख़ाम-ख़ाह डाँट देती हैं।

बन्ने : तो हुआ क्या...कुछ बोलो भी। या नाक पोंछ-पोंछ कर तोड़ डालोगी।

ज़ुहरा : ऊँह जाओ यहाँ से।

बन्ने : अजी आप ही ने तो बुलवाया था और अब आप फ़रमाती हैं कि जाओ। ख़ूब!

ज़ुहरा : मैंने, ये सुअर अन्नू ने कहा होगा। मैंने...

बन्ने : हाँ, हाँ, तुमने मना किया था। मगर मैंने जो चपत लगाया तो कह दिया कि...

ज़ुहरा : झूठा है।

बन्ने : होगा। मगर क्या तुम्हारी तबीयत ख़राब है?

ज़ुहरा : होने दो, तुम्हें क्या! एक फूहड़ और बदतमीज़ लड़की मर भी जाए तो।

बन्ने : कौन! तुम फूहड़ और बदतमीज़? कौन बेवक़ूफ कहता है?

ज़ुहरा : तुम!

बन्ने : *(ज़ोर से हँसता है)* बेवक़ूफ़, वो तो सिर्फ़ चिढ़ाने को कहता हूँ, मज़ाक़ में।

ज़ुहरा : और वो जो रोज़ाना इला बी से मेरी शिकायतें होती हैं तो?

बन्ने : अरे अक़्लमन्द मज़ाक़ में। तुम्हें रुलाने के लिए मज़ाक़ में *(संजीदा होकर)* मगर न मालूम ज़ुहरा तुम्हें क्यों मुझसे हमेशा से नफ़रत है।

ज़ुहरा : नफ़रत! मुझे तो नफ़रत नहीं। तुम ही मुझसे जलते हो।

बन्ने : तो क्या फिर ये मेरा वहम था?

ज़ुहरा : हाँ।

बन्ने : और मैं तुमसे जलूँगा। ज़ुहरा मुझे कभी ये कहने का मौक़ा न मिला कि सिर्फ़ तुम ही ऐसी लड़की हो जो मेरी ज़िंदगी सुधार सकती है। तुमसे ज़्यादा मुझे कोई नहीं समझता। ज़ुहरा मुझे कभी भी उम्मीद न थी कि तुम मेरी बात भी सुन सकोगी। मुझे कभी तुमसे कुछ कहने की हिम्मत न पड़ी। तुमसे लड़ना और तुम्हें बुरा कहना आसान था लेकिन अगर मैं तुमसे कुछ और कहता तो यक़ीनन तुम मेरे मुँह पर चप्पल रसीद करतीं। और इला बी से अलग जूतियाँ लगवातीं। अब मुझे कोई न छेड़ेगा कि 'शादी...' आओ ज़ुहरा अब हम कभी न लड़ेंगे।

[ज़ुहरा मुस्कुराती है।]

बन्ने : मगर ज़ुहरा मैं कमरे में जूते-मौज़े फैलाया करूँगा तो?

ज़ुहरा : वो मैं समेट दूँगी। लेकिन तुमने अगर कमरे में सिगरेट पिया तो कान पकड़ कर निकाल दिए जाओगे।

बन्ने : *(मुट्ठी पर हथेली मार कर)* मंज़ूर!

[इला बी पीछे के दरवाज़े के कमरे से झपाक से भागती हैं। चेहरे पर एक मुस्कुराहट है। शायद छुपी हुई देर से खड़ी थीं।]

पर्दे के पीछे

"देखें...देखें...ज़रा हटो तो!" ज़ुहरा ने मुझे क़राब-क़रीब पीछे लिटाते हुए कहा और अपनी ज़बरदस्त नाक बारीक जाली से चिपका दी और देखती की देखती रह गई। बिलकुल हक्की-बक्की। लेकिन फ़ौरन सँभली।

"ओहो! कोई भी नहीं, ऐसा तो कोई हसीन भी नहीं। सूखा मारा।" ज़ुहरा ने ऐनक फड़का कर कहा।

"सूखा! ये सूखा है? जऱा देखना इज़रा।" मैंने इज़रा को अपने ऊपर लिटाया।

"कोई भी नहीं!...मगर वो...इधर ज़रा इधर", इज़रा ने बिलकुल दूसरी तरफ़ हम लोगों को मुतवज्जे किया।

"कौन वो दाढ़ी?...लानत!" ज़ुहरा हट गई। मैंने भी देखने की ज़रूरत न समझी।

"अरे, नहीं वो...एक.../दो...तीन...वो चौथे नंबर पर है ना ज़ुहरा!" इज़रा ने तड़प कर कहा और ज़ुहरा की गर्दन बिलकुल दाईं तरफ़ को मरोड़ दी।

"क्या बतख़ा?" ज़ुहरा बिगड़ गई।

"अरे वो नहीं...वो पिछली लाइन में...वो...दूर..." इज़रा ने कहा।

"अच्छा वो। मैंने कल ही देखा था।" तुफ़ैल नोट-बुक उलट कर बोलीं। "अरे वो कल था भी", इज़रा को बुरा लगा कि वो कल कुछ न देख सकी।

"लो...कल था कैसे नहीं!" सईदा भी बोल ही दीं।

"लो और लो", हम सब जल गए। "ये दोनों कल ही से देख रही थीं और हमें ज़रा जो पता हो। अच्छा ख़ैर!"

ज़ुहरा नंबर दो हमारी मजलिस से बाहर दूर कोने से नाक उठाये एक सफ़ेद हाथ को तेज़ी से क़लम चलाते देख रही थी। हमने मुस्कुरा-मुस्कुरा कर एक दूसरे को ठोके दिए और सूँ-सूँ नाकें बजाने लगे।

''अरे...अरे'', मैंने एकदम मजरूह[1] होकर कहा। ज़ुहरा समझी उसके मिलिट्रीनुमा बूट से मेरा पैर कुचल गया।

मैंने ज़ुहरा और इज़रा की गर्दनें ऐसी ज़ोर से बाईं तरफ़ झुकाईं कि तीन दिन तक दुखा कीं।

''अच्छा...हाँ...उई...मगर हँसता कैसे है!'' ज़ुहरा ने ग़ौर से देखकर कहा।

''हाँ दाढ़ें तक नज़र आती हैं।'' इज़रा ने हाँ में हाँ मिलाई।

''और कचली पर सोना कैसे चमक रहा है'', ज़ुहरा ने नाक सुकेड़ी।

''लो वो फिर हँसा। सच कहती हो कव्वा तक नज़र आ गया।'' इज़रा खिसकने लगी... ''हूँ...कव्वा नहीं तुम्हें तो उसके फेफड़े भी नज़र आने लगे,'' मैं चिढ़ गई।

''और वो...नीली शेरवानी?'' तुफ़ैल अपनी मासूम आँखें घुमा कर बोली।

''कौन? वो बतख़ा!'' मैंने बुरा मान कर कहा।

''कोई नहीं, बतख़ा तो नहीं है वो'', तुफ़ैल बिगड़ी।

''बतख़ा नहीं तो फिर कौन है, कैसे चीख़ता है गला फाड़ के'', मैंने कहा।

''वाह! उसकी तो इस क़दर मर्दाना आवाज़ है। इतना अच्छा स्पीकर निकलेगा।'' तुफ़ैल शरमाई।

''अच्छा...आ...आहीं...आहीं...आहीं'', हम सबने तुफ़ैल को घसीट मारा।

''आप लोग तो ज़ाहिरी शक्लो-सूरत पर जाती हैं'', तुफ़ैल ने बी.ए. फ़िलॉस्फ़ी में लेते-लेते छोड़ दिया था।

''और पेट के गुण उसके तुम जानती होंगी'', मैंने जलकर कहा और बार-बार गिर जाने वाले पर्दे को पिन से उठाया।

''आप लोग तो फिर गाँधी जी को न जाने क्या समझेंगी'', तुफ़ैल की मदद सईदा ने की।

''भला गाँधीजी को हम क्यों 'कुछ' समझने लगे। वो हमारे बाप के बराबर हैं। वाह!'' हम सब बुरा मानने पर तुल गए।

''जब गाँधी जी देखने की चीज़ थे तब तो उन्हें 'कुछ' समझ भी सकते थे'', इज़रा बोलीं और मुस्कुराईं।

''और अब वो देखने की चीज़ नहीं'', तुफ़ैल लड़ पड़ीं।

''तुम भी दीवानी हो। भई इस वक़्त उनका क्या ज़िक्र है और वैसे तुमने जो ये पूछा कि वो हसीन है तो हम हाँ कहने से रहे, चाहे यहूदियों की तरह हिंदुस्तान से बाहर कर दिए जाएँ'', इंसाफ़-पसंद ज़ुहरा बोली।

---

1. घायल

"ग़ज़ब!" ज़ुहरा नंबर दो फड़क कर बोलीं। हम समझे प्रोफ़ेसर साहिब आ गए और जल्दी-जल्दी क़लम ढूँढ़ने के लिए गिरेबान और जेबें टटोलने लगे।

"वो", ज़ुहरा नंबर दो ने न जाने किधर उँगली नचाई। "वो...इश्रत साहिब की बाईं मूँछ की नोक की सीध में।" सबने इश्रत साहिब की मूँछ की सीध ली और ग़ौर से देखा। फिर सब आहिस्ता-आहिस्ता अपनी नाकों को जाली पर टहलाने लगे। हाँ बात नई भी थी और काम की भी। एक खलबली-सी मच गई और एक-दूसरे के बाज़ू दबाने लगे।

"रंगत", मुझे साँवली या काली रंगत से चिढ़ है।

"ओहो, रंग से क्या होता है", इज़्रा की और मेरी एक घड़ी नहीं बनती और यही उस वक़्त हुआ।

"जी हाँ, रंगत का सवाल क्यों न करें। होता क्यों नहीं", मैंने अपनी दक़ीक़[1] बहस शुरू कर दी।

"ओरी क्या, होता क्यों नहीं। घर में काले-काले तंबाकू के-से बच्चे लुढ़कते फिरें, तौबा...मैं तो गला घोंट दूँ। नफ़ासत-पसद नंबर दो ज़ुहरा कर लें।"

"तो कोई हम तुम्हारी बात लेकर जा रहे हैं उसके लिए", मैंने काट की।

"तुम अपनी-अपनी कहो। मैं तो ख़ैर इतनी काली भी नहीं", ज़ुहरा ने अपनी सफ़ेद जिल्द को सुर्ख़ करके कहा...सफ़ेद जिल्द, चीनी से ज़्यादा सफ़ेद जिल्द।

"शिश...शी...शी...हबीब सा...हि...ब..." खरड़-खरड़ बेंचें सरकीं और सियाह शेरवानियाँ जैसे खूँटियों पर लटक गईं, सब खड़े हो गए।

"और क़द डेढ़ फ़ीट", मैंने बाहर झाँककर ख़ुशी से मुड़ते हुए कहा। इज़्रा रो दी।

दूसरा सीन

"लक्स सोप", सईदा बोलीं।

"इनोसेन्ट आइज़", ज़ुहरा ने चोट की। सईदा शर्मा गईं।

"और वो तो...मुझे कहा है", मैंने इठला कर कहा।

"अए चलो...धनिया जैसी आँखें", इज़्रा बड़बड़ाई।

"ओहो, ऐनक की वजह से ज़रा वैसी लगती हैं। ये देखो।" मैंने ऐनक हटाकर कव्वे तक आँखें फाड़ दीं।

"हाँ मगर इनोसेन्ट तो हरगिज़ भी नहीं। जैसे क़ब्र के बिच्छू की-सी तो आँखें हैं।" ज़ुहरा पर हज़यान की-सी कैफ़ियत[2] तारी हो गई।

---

1. सूक्ष्म, 2. बेहोशी में बड़बड़ाहट की-सी हालत

''गुलशन कह रही थीं किसी ने उन्हें बताया है कि मेरे लिए कमबख़्तों ने कहा है'', सईदा इतराई।

''तुम मर भी जाओ तो तुम्हारे लिए नहीं कहा। हम मान नहीं सकते'', मैंने कहा और सबने मान लिया।

''अगर कहा भी होगा तो इज़रा को कहा होगा'', ज़ुहरा ने राय दी। इज़रा की ज़ुहरा से बड़ी दोस्ती है।

''ख़ैर इज़रा के लिए तो कभी नहीं कह सकते'', इज़रा के लिए कहने में सईदा की उल्लू जैसी आँखों की हतक होती थी। इसलिए उसका बढ़ना हक़्-ब-जानिब[1] था।

''अए-हए इस चर्ख़ से तो मेरी जान जलती है।'' मैंने बाहर झाँक कर मौज़ू[2] बदल दिया। और सबने झुककर एक बारीक शक्ल की चिड़िया जैसी मूछों को घूरना शुरू कर दिया।

''अए-हए तेल डाल कर बाल कैसे जमा लिए हैं जैसे चपातियाँ'', ज़ुहरा ने नाक फड़काई।

''इम्तिहान की वजह से भाई'', तुफ़ैल तो काश डाक्टरी पढ़तीं।

''इम्तिहान कैसा, पटियों का?'' मैंने कहा।

''नहीं भई, तेल से दिमाग़ रौशन होता है।'' तुफ़ैल ने कहा, ''इम्तिहान सर पर आ रहे हैं।''

''हाँ भई सालाना इम्तिहान की तैयारी है'', ज़ुहरा मेरे ख़िलाफ़ हो गईं।

''हूँ, चाहे ज़िंदगी के इम्तिहान में फ़ेल हो जाएँ'', मैंने बड़बड़ाना शुरू किया।

''ये कैसे? देख लेना अव्वल आयेगा। फ़ेल क्यों होगा?'' सईदा की और तुफ़ैल की दोस्ती की इन्तिहा हो गई।

''फ़ेल ही होगा। भला इन चिपकते हुए बालों को देखकर कोई लड़की सौ में से दस नंबर भी बमुश्किल देगी'', मैंने उकता कर किताब पर नाख़ूनों से चार ख़ाना बनाना शुरू कर दिया।

''मगर महमूद तो भेंगा है'', ज़ुहरा हमेशा बेकहे-सुने मौज़ू बदल देती है, यही तो उसमें एक ख़राबी है।

''कोई भेंगा नहीं'', मैंने बुरा मान कर लड़ाई पर आमादगी ज़ाहिर की।

''बीच खेत भेंगा'', सईदा जल्दी-जल्दी नोट नक़्ल करती हुई बोलीं।

''लेकिन उससे तो अच्छा नहीं'', ज़ुहरा नंबर दो ने बाहर झाँक कर हमारे ताज़ा-तरीन मौज़ू की तरफ़ आँख मारी।

''अब तो बस...उसकी तो...साइकिल के नीचे एक दिन आकर मर जाओ।'' मैंने जल कर कहा और तुफ़ैल की ज़रूरी नोट-बुक में से काग़ज़ फाड़ कर नाव

---

1. बिलकुल सही, 2. विषय।

बनाने लगी।

"मैं कहती हूँ ये नोट लिए जा रहे हैं या बर-दिखवे हो रहे हैं", इज़रा ने डाँटा। "टर्र-टर्र किये जा रही हैं, ख़ाक जो लेक्चर सुनाई दे रहा हो", तुफ़ैल ने अपना मुन्ना-सा पाँव डेस्क पर रख कर लेटते हुए कहा।

हमने उसी दिन सोच-विचार के बाद प्रिंसिपल साहिब को लिखा कि लेक्चर न तो हमारी समझ में आईं न सुनाई दीं। हमें छपे-छपाये नोट दें ताकि इम्तिहान के लिए रट लें।

तीसरा सीन

"उसकी तो शादी भी हो गई है और दो-तीन लड़कियाँ हैं", ज़ुहरा ने मातमी लहजे में कहा।

"अरे" और हम सब के मुँह उतर गए।

"और उस नम्बर 46 की मँगनी हो गई। अगले साल विलायत जा रहा है", ज़ुहरा नंबर दो पर तुफ़ैल ने गुर्ज़[1] चलाया। वो ग़रीब छः रोज़ से हमसे बहुत दूर कोने में बैठ कर चुपकी नोट लिया करती थी। ज़रा-सा मुँह निकल आया बेचारी का।

"और वो...वही", हम समझ गए, "परसों उसके घर से तार आया है कि लड़का हुआ है", ज़ुहरा ने ज़ब्त करके कहा।

"अए-हए लड़का", हमें कभी ख़्वाब में भी ये सोचने का मौक़ा न मिला था हम तो समझते थे...ख़ैर! "वो भेंगा", सईदा बोलीं।

"कह दिया कितनी दफ़ा कि वो भेंगा नहीं, भेंगा नहीं। कल ही मैंने उधर से देखा है। बिलकुल सीधी तार जैसी आँखें हैं", मैंने ज़ख़्मी शेरनी की तरह बड़बड़ाना शुरू किया। जी वैसे ही दुखा हुआ था।

"और वो चर्ख़", सईदा ने फिर छेड़ा।

"और वो चर्ख़! हूँ! यूँ तो दस दाढ़ियाँ मौजूद हैं", ज़ुहरा काटने पर तुली हुई थी।

"तुम्हें कैसे मालूम कि उसकी तीन लड़कियाँ हैं", मैंने सोचा शायद, शायद कोई ग़लती हुई हो।

"मुझे अच्छी तरह मालूम है। नफ़ीस ने बताया। वो उसे जानते हैं। कहा

1. एक अस्त्र,

चपटी-चपटी तीन लड़कियाँ हैं उसकी।'' ज़ुहरा न जाने नफ़ीस से कैसी-कैसी वाहियात चीज़ें लाकर हम सबका दिल दुखाया करती थी।

''रह गया बतख़ा, वो सुन पाये तो!'' तुफ़ैल ने धमकी दी।

''सुन क्या पाएगा। तुम ही उससे जड़ दोगी तो सुन लेगा। करेगा, करेगा क्या!''

''और वो...वो जो है। क्या नाम है वो...ज़रा गंजा है।'' इज़रा बावजूद कोशिश के नाम न याद कर सकी।

''ओहो, बख़्शो गंजे से तो'', मैं मुँह फुलाकर बेंच पर लेटकर ऊँघने की कोशिश करने लगी।

''गंजा बड़ा ख़ुश-क़िस्मत होता है'', मैंने कहा ना कि तुफ़ैल ने फ़लसफ़ा लेने का पुख़्ता इरादा करके छोड़ दिया था।

''मुआफ़ करना बाबा हम बद-क़िस्मत ही भले'', इज़रा ने कान पर हाथ रख कर कहा।

उस दिन हममें से किसी का दिल न लगा, न ही नोट लिए, न लेक्चर सुना। क्या सुनते!

चौथा सीन

''जाने बाहर से दिखाई भी देता है कि नहीं'', ज़ुहरा नंबर दो ने अपनी सफ़ेद उँगलियों को उलट-पुलट कर देखते हुए कहा।

हम में से कई को दिखाई देने के ख़याल ही से फरेरी आई और अपने खुरदुरे ख़ुश्क पैरों को साड़ी के किनारे से छुपा लेने पर मजबूर हो गए कि शायद नीचे से नज़र आते हों।

''न जाने कैसा दिखाई देता होगा'', ज़ुहरा ने फिर एक लंबी साँस लेकर कहा।

''चलो कुछ भी नहीं दिखता होगा'', मेरा दिल चाहा, काश न दिखाई देता हो। रंग तो शायद न दिखाई देता होगा। मैंने अपने रंग से डर कर कहा।

''ज़रा देखें। हैं जब सब चले जाएँ तो बाहर जाकर वहाँ से देखें। दिखाई भी देता है या नहीं'', बड़ी-बड़ी तरकीबें बताया करती है। वैसे बड़ी चुपकी है।

''हाँ ये ठीक है'', सबने यक़ीन से कहा।

''तुम सब यहाँ बैठना और मैं वहाँ से देखकर बताऊँगी'', मैंने राय दी। और जैसे ही क्लास ख़त्म हुई और बोर्डिंग की तरफ़ जाते हुए लड़कों की क़तारें आँखों से ओझल हो गईं। ज़ुहरा और तुफ़ैल के कंधों का सहारा लेकर खिड़की में लटक

गई और कगर पर पैर अड़ा कर उस तख़्ते को फाँद गई जो पर्दे के लिए खिड़की में लगाया गया था। सारी कोहनियों पर खरोंचें आईं और गिट्टा अलग छिल गया। नई वारनिश से दोनों हाथ चहचहाने लगे, मैं ज़रा बड़बड़ाती हुई अंदर कूद गई।

"अरे...अ...र...रे", मैंने हैरत से मुँह फाड़ दिया।

"अफ़्फ़ोह, सब दिखाई दे रहा है।"

सबने तड़प-तड़प कर एक-दूसरे को धकेल कर सामने आने की कोशिश की।

"ज़रा ठीक से बैठो तो देखूँ भी", मैंने कुर्सी पर चढ़ कर कहा और सब सज-सज कर जैसे तस्वीर खिंचवाने बैठ गईं।

"अफ़्फ़ोह...बिलकुल साफ़। मैंने मुबालग़ा[1] किया और सब मुस्कुराईं।

"ज़ुहरा तुम...तुम तो बस साफ़ 'लक्स सोप' और मगर 'इनोसेन्ट आईज़' का पता नहीं...शायद...शायद...ख़ैर!" मैं शर्माने की कोशिश करने लगी। अंदर से सबने बग़ावत पर आमादगी ज़ाहिर की। शायद मेरी ज़्यादती पर।

"और सुनो तो", मैंने बलवे से डरकर कहा, "और तुम्हारी नाक ज़ुहरा न चपटी लगे और न उरद के छिलकों की फलकी जैसी। बस कतारा-सी नज़र आ रही है।"

ज़ुहरा ने ख़ुशी से इज़रा के चुटकी ली।

"मगर तुम्हारे पैर सईदा और चप्पलों में कत्थई मौज़े", मैं रुक गई।

"लो मैं मौज़े कब पहने हूँ", सईदा ने शरमा कर पैर ऊँचे कर लिए।

"सुनो तो", ज़ुहरा के गालों की सुर्ख़ी धोये गुलाब की तरह चमकी। ..."इधर से तो देखो ज़रा, वहाँ से, हम लोग कैसे दिखाई देते हैं" वो ज़रा आँखें झुकाकर बैठ गई, थोड़ी ऊँची होकर।

"कोई ख़ास नहीं...हाँ...हाँ...मगर तुम्हारा मुँह इधर से ज़रा फैला-फैला नज़र आ रहा है", मैंने गप मारी और जल्दी से ज़ुहरा ने अपना मुँह सिकोड़ लिया।

"और तुम्हारी आँखें तो दिखाई ही नहीं देतीं", मैंने सईदा का दिल दुखाया।

"और न तुम्हारे बालों की लटें", मैंने सईदा के बड़बड़ाने की परवा न करते हुए तुफ़ैल को जलाया।

"और वहाँ से...वहाँ देखो", इज़रा ने डरते हुए कहा।

"कहाँ से?...भेंगे की सीट पर से", मैंने दूसरी लाइन में आकर कहा। इज़रा हट गई।

"लाओ तुम्हारे बतख़े की सीट पर से भी देखूँ", मैंने तुफ़ैल पर छींटा फेंका।

"और वहाँ से प्रोफ़ेसर साहिब की कुर्सी के पास से" सईदा ने शौक़ को छुपा कर कहा।

---

1. झूठी तारीफ़

''ओहो, सईदा हमेशा ऊँचा हाथ मारती थी, हिम्मत तो देखो।''

''यहाँ से, यहाँ से तुम तो दिखाई भी नहीं देतीं, जो ज़रा-सा दिखाई भी पड़ती हो तो बहुत काली, मोटी और भद्दी।'' सईदा ने दौड़ कर पर्दा गिरा दिया।

सईदा मोटी थी तो क्या हुआ, कमज़ोर तो हद से ज़्यादा थी बेचारी। लोग जिस्म देखते हैं, ये नहीं देखते जी कैसा हर वक़्त ख़राब रहता है।

''देखो मैं बताऊँ तुम लोग कैसे-कैसे हर वक़्त बैठा करो'', मैंने मेज़ पर बैठते हुए कहा।

''हाँ!'' सब शौक़ भरी आवाज़ से राज़ी हो गईं।

''देखो तुम ज़रा उधर को सरको...उधर...उधर भई'', मैंने उसे दोनों तरफ़ से रोका और फिर कहा, ''भई इधर नहीं, उधर और उधर, नहीं उधर।''

''ऊँह तो किधर को सरकूँ भई'', ज़ुहरा आजिज़ आ गई। सरकती, सरकती आजिज़ आ गई पर मेरी नज़र में न जँची।

''और तुम दाईं तरफ़ सरको इज़रा...हाँ और सरको ज़रा।''

''भई..मेरे ऊपर क्यों चढ़ी चली आती हो, हटो'', ज़ुहरा अपनी जगह से हिल जाने के ख़ौफ़ से लड़ पड़ी।

''अरे बहन तुम ज़रा उधर हटो ना'', इज़रा ने ज़ुहरा पर लद कर कहा।

दोनों एक ही जगह पर अड़ कर एक-दूसरे को भींचने लगीं।

''भई क्या मुसीबत है इज़रा'', ज़ुहरा गुर्राई मगर ख़ुदारा डटी रही।

''और मैं किधर बैठूँ?'' सईदा ने आहिस्ता से पूछा। बेचारी मुझसे डरती थी।

''अगर तुम तुफ़ैल की जगह बैठो तो साफ़ और अच्छी दिखाई पड़ो।''

''हटना ज़रा बहन तुफ़ैल'', सईदा ने ज़रा प्यार से कहा।

''भई मेरी किताबें इधर हैं'' तुफ़ैल अपनी जगह हाथों से क्यों देती, अच्छी और उम्दा जगह।

''अए-हए ऐसा भी क्या। ज़रा सरक जाओ ना उधर'', सईदा ने ख़ुशामद की।

''कोई और जगह नहीं है जो मेरे ही सर पर चढ़ोगी'', तुफ़ैल चीख़ी और नन्हे से जिस्म को अकड़ा कर।

''अच्छा तुम ज़ुहरा नम्बर दो के दाएँ हाथ पर आ जाओ'', मैंने दोनों दोस्तों की लड़ाई से डर कर कहा।

ज़ुहरा नंबर दो झट से फुदक कर अपने ही दाएँ तरफ़ आन बैठी।

''लो'', सईदा ने मुर्दा आवाज़ में कहा, ''भई कह दिया हम लोगों में ज़रा भी वो नहीं।''

''तो तुम इज़रा की जगह आ जाओ'', मैंने राय दी।

"भई मैं क्यों अपनी जगह से हटूँ, वाह", इज़रा भवें चढ़ा कर मुस्कुराई।

"अच्छा तुम वहाँ सीढ़ियों की तरफ़ रोशनी में बैठो", मैंने कहा।

सब रश्क से देखते ही रह गए और सईदा ऐन रोशनी में अपना मुस्कुराता हुआ चेहरा जाली से लगाकर इंतिज़ार में बैठ गई कि मैं अब बोलूँ और अब बोलूँ।

मैंने एक-दो दफ़ा इधर-उधर झुक कर देखा और मुँह बनाया।

"मैं अब भी साफ़ दिखाई नहीं देती?" सईदा ने उम्मीद भरी आवाज़ से पूछा।

"नहीं", मैंने जैसे ज़लील होकर कहा और उसकी मुस्कुराहट किस क़दर उदास हो गई।

चाप...चाप...चाप...चर...चर...और क़हक़हा...!

लड़के दूसरी मीटिंग से वापिस आ रहे थे। सईदा का बड़ा सब्र पड़ा। मैं पर-कटी चिड़िया की तरह बेंचों पर छलाँगें मारने लगी। कुर्सी और उसके ऊपर एक और कुर्सी लगाकर खिड़की में आई। साड़ी चिटख़नी में फँस गई और ये बड़ा खूँटा सद्री में लगा। मगर मैं कूद पड़ी। चूड़ियाँ टूटकर अंदर ही रह गईं और चूरा मेरी कलाई में पैवस्त हो गया। वो तो कहो ऐनक बच गई।

"धड़...धड़...धड़...", कोई बाहर दरवाज़े को कूट रहा था। अरे! बावजूद उस सियाही के उस वक़्त मैं सफ़ेद पड़ गई। मैं अंदर से दरवाज़ा बंद कर आई थी।

सुना है दूसरे दिन लड़कों पर डाँट पड़ी कि कुर्सियों पर चढ़ कर लड़कियों को झाँकते हैं। बेचारे बच्चे कुछ न बोले।

❏❏❏